新 潮 文 庫

去　　　　　　就

―隠蔽捜査6―

今 野　敏 著

新 潮 社 版

11028

去就

隠蔽《いんぺい》捜査6

1

いつもと変わらない朝だ。

竜崎《りゅうざき》伸也《しんや》は、コーヒーを飲みながら新聞数紙を手に取る。すべての新聞に眼を通すわけではない。

長年の習慣で、読むべき記事がだいたいわかるようになっていた。そして、何か問題があれば、瞬時に眼に止まる。

刑事部長の発表や、他の署の副署長の発表を、全部把握しているわけではない。だが、どこまでが警察の発表で、どこからが記者の独自取材なのかは、記事を読めば見当がつく。

そして、警察が知らない事実や、発表してほしくない事柄が書かれていることが問題なのだ。

大森署の署長という立場なのだから、署のことだけを考えていればいい。だが、竜崎は、自分自身を警察官僚だと考えていた。警察官僚にとって大切なのは、目配りだ。だから、竜崎は毎日、広い視野から全国の出来事を把握しようとしているのだ。

熱いコーヒーをすする。

別にコーヒーにこだわりはない。コーヒーでありさえすればいい。ただ、朝の一杯のコーヒーは、彼にとって大切だった。

頭をはっきりさせるために必要なのだ。カフェインのせいかどうかはわからない。条件反射のようなものだ。それも習慣のせいかもしれない。

今日は、特に問題となるようなことはなさそうだった。竜崎は、すべての新聞を畳み、応接セットのテーブルの端に置くと、立ち上がり、朝食を取るためにダイニングテーブルに向かった。

朝食は、和食と決まっている。トーストなどではどうも調子が出ない。

妻の冴子《さえこ》が、ご飯と味噌汁《みそしる》を竜崎の前に並べると、言った。

「ちょっと美紀《みき》の話を聞いてやってほしいんだけど……」

竜崎は、生返事をする。

「美紀の話……？」

「そう。忠典《ただのり》さんとのこと」

三村《みむら》忠典は、美紀の交際相手だ。竜崎が大阪府警本部にいた頃の上司である三村禄《ろく》郎《ろう》の長男だった。

「忠典君がどうかしたのか？」

食事を始めた。

「別れるかもしれないって言ってるのよ」

そこで初めて妻の顔を見た。

「別れるかもしれない？　どういうことだ？　二人は婚約していたんじゃないのか？」

「あなた、ちゃんと結納《ゆいのう》を交わした記憶ある？」

「いや、ない」

「じゃあ、正式の婚約者とは言えない」

「そんなことはないだろう。そういう形式に縛られることはない。海外では、プロポーズをすれば婚約者だ」

「美紀は、プロポーズもされていなかった」

「そうなのか？　だが、付き合っていたんだろう？」

「交際はしていたわ。でも、美紀は結婚を急いでいないようなの。どちらかというと、忠典さんのほうが急いでいたような節があって」

「待て。おまえの話は矛盾している」

「どこが？」

「美紀はプロポーズされてないと言ったな？」

「ええ」

「なのに、忠典君が結婚を焦《あせ》っているようなことを言っている。プロポーズをされていないのに、どうして忠典君が結婚をしたがっているとわかるんだ？」

「そういうのは、普段の会話でわかるものなのよ」

「そんなはずはない。忠典君に確認したのか？」

「確認する必要なんてないのよ」

「おかしな話だ。確認しなければ、結婚の意思があるかどうかなんて、わからないじゃないか」

「まあ、あなたにはわからないでしょうね」

「忠典君のほうから別れようと言い出したのか？」

「いいえ。美紀がそう考えているらしいの」

「それも妙な話だ。結婚をしたいが、相手がそれに応じてくれない。だとしたら、結婚を求めているほうから別れを言い出すはずだ」

「結婚は、ただの契約じゃないのよ」

「だが、契約の要素は大きい」

「よその奥さんに、そんなこと言ったら、たいへんなことになるわよ」

「俺は事実を言っているだけだ。結婚が恋愛や同棲《どうせい》と違うのは、契約の要素があるからだ」

「朝っぱらから、あなたと議論するつもりはないけど、世の中の多くの人は、たぶんあなたとは違った結婚観を持っているでしょうね」

「理屈から言うと、俺が言っていることは間違ってはいない」

「つまり、美紀はちょっと引いちゃったってことなのよ」

「引いたというのは、どういうことだ？」

「露骨な言い方をすれば、心が離れた、ということじゃないかしら」

　竜崎は、よく理解できなかった。

「長い間付き合って来たのに、今さらか？」

「忠典さんが、自分の都合で結婚を急いでいると感じたのかもしれない。だから、そういうことを、美紀に訊《き》いてほしいのよ」

「どうして俺が訊かなくちゃならないんだ？　家庭のことは、すべておまえに任せてある。ましてや、娘のことだ。父親の出る幕ではない」

「それも、普通の家庭の主婦が聞いたら、激怒しそうね」

「国家公務員には、国と国民のために働く使命がある」

「はいはい。忠典さんが、あなたの元上司の息子さんじゃなければ、あなたに頼んだりしないわよ」

「俺の元上司が、何か関係あるのか？」

「美紀が気にしているのよ」

「何をだ？」

「あなた、以前、美紀が忠典さんと結婚してくれれば都合がいい、なんて言ったことがあったでしょう」

「事実、何かと都合はいい」

「だからね、それを気にしているのよ」

竜崎は、食事の手を止めて、ぽかんとしてしまった。

「何を気にする必要があるんだ？　もし、結婚したら都合がいいという、あくまで仮定の話をしたまでだ。結婚してくれないと困ると言ったわけじゃない」

「だから、それをちゃんと説明してあげてほしいの」

「前にも説明したつもりだがな」

「そういうことは、何度でも説明する必要があるのよ」

竜崎は、溜《た》め息《いき》をついた。

「わかった」

そして、食事を再開した。


いつもとほぼ同じ時間に、大森署の署長室に到着する。すぐさま、斎藤治《さいとうおさむ》警務課長が、部下とともに、ファイルの山を運び込む。

ファイルは竜崎の机には載りきらないので、応接セットのテーブルの上に並べられる。これから、丸一日、判押しに追われるわけだ。

毎日この、膨大な量の書類に判を押しつづけてきた。それが役所というものだと、言ってしまえばそれまでだが、もっと効率のいい方法はないものかと、つい考えてしまう。

警察署の書類の多くが、警察署長宛《あて》になっているので、最終的に署長の判がないと、その事案は終了したことにならない。

また、方面本部や警視庁本部に送られる書類にも署長印が必要だ。

なんともお役所的な発想だ。事案など担当者が処理すればそれでいい。だが、役所はそういう考え方をしない。判を押した者たちの連帯責任となる。

ファイルをテーブルに置くと、部下たちは署長室から退出したが、斎藤警務課長だけが残った。

「例の件は、いかがでしょう？」

「例の件？」

「ストーカー対策チームのことです」

「ああ……」

続発するストーカーによる殺傷事件を重く見て、警察庁が警視庁および全国の道府県警に対して、ストーカーに関する対策セクションを作るように指導をした。

警視庁はそれを受けて、ストーカー対策専門の組織を作ることになり、各所轄《しょかつ》署も対策チームを作ることになった。

「どういうメンバー構成にするか、考えていたところだ。当然ながら、生安課が中心になると思うが……」

ストーカー問題の担当は生活安全課だ。

斎藤警務課長の表情が、ふと曇る。

「それが、生安課長が、なかなかいい顔をしませんで……」

竜崎は思わず眉《まゆ》をひそめた。

「いい顔をしない？　どういうことだ？」

「対策チームは、専任ではなく、兼任になります」

「まあ、当初はそういうことになると思う」

「生安課は、現在、刑事課とともに、ＤＶや特殊詐欺《さぎ》の対策に追われているのです。

そこに、ストーカー対策チームを任せるとなると……」

たしかに、このところ、本部の生活安全部や、所轄の生活安全課は大忙しだ。斎藤が言うとおり、配偶者暴力被害防止は彼らの仕事だ。

さらに、かつて「オレオレ詐欺」や「振り込め詐欺」などと言われた特殊詐欺が、忙しさの一因となっているのも確かだ。

詐欺は、本部では刑事部捜査二課が、所轄では、刑事課知能犯係などが担当するが、生活安全部の生活経済課やサイバー犯罪対策課も関わることがある。

ネットを使った、ワンクリック詐欺なども特殊詐欺に含まれるからだ。

本部の生活安全部が関わるとなると、所轄の生活安全課も無関係ではいられない。ＤＶ、特殊詐欺ともに、大きな問題であり、件数も増え続けている。生活安全課は、てんやわんやの状況なのだ。

もともと、彼らの守備範囲はおそろしく広い。サイバー犯罪から少年犯罪、さらには風営法や銃刀法までもカバーしなければならないのだ。

どこの署でも、一番機嫌が悪いのは生安課長だと言われるが、それも無理はないと、竜崎は思う。

「まったく、警察庁も、現場のことを考えずに無茶を言う」

斎藤警務課長が、驚いたような顔で言った。

「あの……。署長は、その警察庁からいらしたのでは……」

「私が警察庁を統括していたわけじゃない。あそこにいるときから、いろいろと矛盾や問題は感じていた」

「はあ……」

斎藤警務課長は、何と言っていいのかわからないらしく、複雑な表情をしている。

「生安課長を呼んでくれ」

「あの……」

「何だ？」

「あまり、手厳しくおっしゃらないほうがいいかと……」

「話を聞きたいだけだ。余計な心配はしなくていい」

「申し訳ありません」

斎藤は部屋を出て行った。

ドアは開け放たれている。竜崎がここに赴任してきたときに、そう命じた。

署長室は、風通しがよくなくてはならない。情報が常に行き来する環境を作っておくべきなのだ。

十の書類に判を押し終える頃に、笹岡《ささおか》初彦《はつひこ》生安課長がやってきた。

「お呼びですか？」

笹岡生安課長は、細身で白髪が目立つ。そのせいか、五十歳なのだが、実際の年齢よりも老《ふ》けて見える。

竜崎は、判押しを続けながら言った。

「ストーカー対策チームについて、ちょっと話がしたい」

判を押しながら話をするのも、すでに習慣となっている。そうでなくては、書類が片づかないのだ。

笹岡生安課長は、何も言わずに立っている。何を言われるのか、わかっているのだ。

竜崎はさらに言った。

「まあ、掛けてくれ」

「いえ、このままでけっこうです」

「話が長くなるかもしれない」

「だいじょうぶです」

「ストーカー対策は、生安課が担当している。だから当然、対策チームも生安課が中心になるべきだと考えていたのだが……」

「理屈ではそうなりますね」

竜崎は、ちらりと笹岡を見た。彼は、能面のように表情を消していた。

「理屈ではそうだが、実際には違うということか？」

「違うというか、かなり難しいものがあると思います」

「私は、理屈に合わないことが好きではない。理屈どおりでないのは、何かが間違っているということだ」

「実情を申し上げますと、生安課は、恒常的に人手不足です」

「刑事課も、おそらく同じことを言うだろうな。だが、それでもやるべきことはやらなければならない」

「本部のサイバー犯罪対策課が、ＣＴＦ競技を開くので、そのための準備もしなければなりません」

竜崎は顔を上げて尋ねた。

「ＣＴＦ競技……。それは、何だったかな……」

「キャプチャー・ザ・フラッグ競技の略でして、要するに、インターネットやパソコンのセキュリティー技術を競うコンテストです」

思い出した。たしか、そんな通達が来ていた。

「いつだったか、神奈川県警のサイバー犯罪対策課が、それを開いたので、警視庁本部も対抗しようということらしいな」

「そのへんの事情は存じません。私たちは、準備を手伝えと言われているだけですから……」

「なるほど、たしかに、いろいろと忙しそうだ」

「係員たちに、これ以上の負担を強いるわけにはいきません」

竜崎は、署長印を置いて、腕組みした。

「言いたいことがわからないではない。だが、警察庁の通達に逆らうわけにはいかない」

「警察庁では、問題意識だけが先行して、現場が対応のために、どれだけの苦労を強いられるか、まったく想像していないのだと思います」

竜崎は、署長印を手に取り、判押しを再開した。

「まあ、その点については、私も同感だ」

「署長は、そう言ってくださると思っておりました」

「警察庁や警視庁本部から言われたら、それを実行しなければならない。それが警察の組織というものだ。それは理解してもらえるな」

「もちろんです」

「そして、ストーカー対策チームは、生安課が中心になるべきだということも、わかってもらえるだろう」

「そうですね……」

竜崎はまた、笹岡生安課長の顔を見た。今度は暗い表情になっていた。逆らっても無駄だということがわかったのだろう。

「だがな……」

竜崎は言った。「生安課だけに押しつけるつもりはない」

「は……？」

笹岡生安課長は、目を丸くした。「それは、どういうことですか？」

「ストーカー被害の端緒《たんちょ》に触れるのは、たいてい地域課だ。交番で被害を受け付けて、それについてまず地域課の係員がいろいろと調べることになる。だから、対策チームには地域課も加わってもらおうと思う」

「なるほど……」

笹岡生安課長の表情が、少しだけ明るくなった。

「さらに、ストーカーが傷害犯や殺人並びに殺人未遂犯となるケースが後を絶たない。つまり、これは刑事課強行犯係の事案でもあるわけだから、刑事課にも人員を割いてもらおうと思っている」

「ぜひ、そうすべきだと思います」

笹岡生安課長の表情が、ますます明るくなった。

「ただし、あくまでも、対策チームの音頭《おんど》は、生安課の者に取ってもらう」

「それは、もちろんです」

「では、そのつもりで人選をしてくれ」

「何名ほど選びますか？」

「二、三人でいい。女性警察官がいれば、なおさらいいと思う。明日までに頼む」

「了解しました」

「以上だ」

笹岡生安課長は、一礼して退出していった。

続けて、竜崎は、関本《せきもと》良治《りょうじ》刑事課長と、久米《くめ》政男《まさお》地域課長を呼び出した。

彼らは、三分後に、二人そろって現れた。

竜崎は二人に言った。

「警察庁と警視庁本部から、ストーカー対策チームを作れと言われている。それについて、刑事課と地域課からも人員を出してもらいたい」

まず、久米政男地域課長が言った。

「それって、生安課の仕事じゃないんですか？」

久米は、五十一歳で、関本刑事課長よりも三歳年上だ。腹は出ているが、五十過ぎにしては体型を保っているほうだと、竜崎は思っていた。

「生活安全課だけに負担を強いるわけにはいかない」

関本刑事課長が言った。

本当は、刑事組織犯罪対策課長というのだが、面倒なので、刑事課長で通っている。

「生安も忙しいかもしれませんが、こっちもあっぷあっぷなんですけどね……」

「勤務中に、平和島の競艇に出かけている係員がいると聞いているが……」

「戸高《とだか》のことですか？　あいつはあいつで、ちゃんとやるときはやりますよ」

「とにかく、負担は署全体で分担する。それぞれ若干名でいいから人選しておいてくれ。後日、生安課、刑事課、地域課で会議を開くから、遅くとも明日中には決めてくれ」

久米と関本は顔を見合わせたが、何も言わなかった。

彼らは、先ほどの笹岡同様に、逆らっても無駄だと悟ったらしい。おとなしく退出しようとした。竜崎は言った。

「一つ言っておくが、新人や若手に押しつけようなんて考えるな。対策チームなんだから、実行力のある者を選んでくれ」

二人は、また顔を見合わせてから、署長室を出て行った。

2

午前十時過ぎに、斎藤警務課長がやってきて告げた。

「方面本部の野間崎《のまざき》管理官がおいでです」

「野間崎管理官が……？　何の用だろう」

「さあ……」

「お通ししてくれ」

竜崎がそう言ったとき、戸口で声がした。

「通せとおっしゃらなくても、勝手に通らせていただきます」

竜崎は、座ったまま野間崎を迎えた。なおかつ、判押しを続けている。

野間崎は、その態度が気に入らないらしいが、竜崎はまったく気にしていなかった。判を押しながらでも話はできる。

「何のご用でしょうか？」

野間崎は、溜め息をついた。

「形式的にでも、方面本部の管理官が訪ねて来たら、所轄の署員は起立して出迎えるものです」

竜崎は、判を置いて立ち上がった。

「これでよろしいですか？」

野間崎は、ちょっと慌《あわ》てた様子で言った。

「いや、一般的な話をしたまでで、そうしなければならないという決まりがあるわけではありません」

竜崎は、すぐに着席して判押しを再開した。

「所轄の心得をわざわざ教えてくれるためにいらしたのですか？」

「そういう厭味《いやみ》は、竜崎署長らしくないですな」

「別に厭味を言っているつもりはありません。用件をうかがったら、あなたは所轄の署員の心得について語られた。それが事実ではありませんか？」

野間崎管理官は、鼻白んだ表情になって言った。

「署長、勘弁してください。そりゃ、以前私は、署長にいろいろと失礼なことを申しました。しかし、それは誤解があったからで……」

「私は、別にあなたから失礼なことを言われたとは思っていません」

「それが本音とは思えませんね……」

「私は本音しか言いません。それはよくご存じのことと思いますが」

「たしかによく存じております」

初めて会ったとき、野間崎は竜崎の態度がなっていないと、怒りを露《あら》わにした。

階級や役職の序列で言うと、方面本部の管理官よりも所轄の署長のほうが上だ。方面本部管理官は、警視が就《つ》く役職であり、署長はおおむね警視《けいし》正《せい》だ。

だが方面本部と所轄署の力関係がある。方面本部は所轄署を統括し、指導する役割を持つ。

だから、野間崎が言うとおり、所轄署に管理官がやってくると、署員は全員起立して迎える。

竜崎は、初対面のときも、今日のように座ったまま判押しをしながら、野間崎を迎えた。おそらく、野間崎は、所轄署でそんな対応をされたことはなかったのだろう。

彼は驚き、激怒した。

だが、竜崎は自分のやり方を変えなかった。そして、野間崎はそれを認めざるを得なかったというわけだ。

「お互い、忙しい身です。世間話をしている暇はありません」

竜崎はもう一度尋ねた。「ご用件は？」

「警察庁および警視庁本部から通達があったストーカー対策チームについてです」

「それが、何か……」

「第二方面本部管轄の他の署は、すでにチームの編成を私のところに送ってきています」

九つの警察署のうち、大森署だけがまだ、チーム編成を終えていないということだ。竜崎は、少々驚いた。

「チーム編成の期限はなかったはずですが……」

「警視庁本部からは、『可及的すみやかに』と言ってきているはずです」

「その指示には従っているつもりです。可及的というのは、できるだけという意味でしょう。うちの署でも、できるだけのことはしています」

「結果を出していただかねばなりません。第二方面本部としても、所轄の足並みがそろわないと困るのです」

課長たちには、明日中にチームの人選をするようにと言ってある。だから、遅くとも明日の夕刻にはチーム編成はできあがるだろう。

だが、それをそのまま伝えるのが、なんだか悔しかった。

「やるべきことはやっています。今は、それしか申し上げることはありません」

「竜崎署長……」

野間崎は、少しだけ声を落とした。「私だって、こちらに来たくて来たわけじゃないんです。急《せ》かすわけじゃありませんが、方面本部長に言われると、私だって逆らうわけにはいきません」

「つまり、ここにいらしたのは、方面本部長の命令だということですか？」

「そうです。方面本部長としては、他の方面本部に負けたくないわけです」

意味のない競争心だ。方面本部同士が競い合うのはいい。もし、それが検挙率だとか、検挙数だとか、犯罪抑止に役立つ活動だとかだったら、有意義だ。

だが、警視庁本部に言われたことを、どこの方面本部が早く実行するか、など小学生の競い合いに等しい。

竜崎は、第二方面本部に赴任して間もない弓削《ゆげ》篤郎《あつろう》方面本部長の、いかつい顔を思い出していた。

前方面本部長は、キャリア組の長谷川弘《はせがわひろし》だった。竜崎の三期下だ。

弓削は、ノンキャリアの警視正で、主に刑事・公安畑を歩んできたということだ。

第二方面本部の本部長がノンキャリアの警視正というのは普通のことで、むしろキャリア組の長谷川が本部長だったことが珍しい。

それに対して、第一、第四、第八方面本部では、キャリア組の警視長が選任される習わしとなっている。

弓削は、なかなかの野心家だ。刑事・公安畑の叩《たた》き上げというのは、警察機構の中では明らかに出世コースから外れている。

にもかかわらず、方面本部長にまで登り詰めたのだ。張り切る気持ちもわからないではない。

だが、それが空回りすると、部下に迷惑をかけることになる。

「所轄のことは、所轄に任せてもらいたい」

竜崎は言った。「管轄内の事案に関する決定権や指揮権は、署長にある」

「そうですね……。でも、唯一《ゆいいつ》例外は、警備指揮権です」

「もちろん、それもわかっている。だが、ストーカー対策チームの件は、警備事案ではない」

野間崎が言うとおり、方面本部長は、警備指揮権を持っている。簡単に言うと、機動隊の投入などを決定するのは、方面本部長であり、署長にその権限はない。

野間崎は、さらに困った顔になった。弓削と竜崎の板挟みだ。何を言っていいのかわからないのだろう、彼は黙って下を向いている。

野間崎が困ろうが、知ったことではない。だが、いつまでも居座られると迷惑だ。

竜崎は、判を押す手を止めて言った。

「おそらく、明日中には人選を終えて、報告できると思います」

野間崎の顔が、ぱっと明るくなった。

「明日ですね？　それは、間違いないですね？」

「間違いないと思う」

「では、そのように方面本部長に伝えます」

野間崎は、ほっとした様子で署長室を出て行った。

ストーカー対策チームの人選については、関本刑事課長と久米地域課長に、「遅くとも明日中に」と言ってある。

おそらく、二人とも明日の早いうちに人選を終えるだろう。

笹岡生安課長は、もっと早くリストを持ってくるはずだ。

だから、明日中に野間崎に知らせるのは不可能ではないと、竜崎は思った。

ふと、気になることがあり、竜崎は判押しを中断して、斎藤警務課長に電話した。

「何でしょう？」

「わが署の、現時点でのストーカー対策は、どうなっているんだ？」

「他の署と同様に、相談が来たら受け付けます」

「どういう態勢で？」

「午前八時三十分から、午後五時十五分までが原則です。生安課の係員が応対します」

「かなりの相談が来るのか？」

「ええ、最近は増えてきたようですね。おそらくネットなどで、警察がストーカーについての相談を受け付けているという情報が行き渡ったのだと思います」

「明らかにストーカー行為だと認識されたら、警察署長名で警告したり、都公安委員会が、禁止命令を出すんだったな？」

「そういうことです」

「これまで、俺が警告を出した記憶はないのだが……」

「ええ、まだそういう事例はありません」

「管内では、ストーカー行為が認知されていないということか？」

「いえ、警告や禁止命令を出すまでもなく、係員が注意するだけで、解決するケースがほとんどなのです。話を聞いただけで、ストーカー被害がなくなったという事例もあります」

「……ということは、現時点でもわが署のストーカー対策は充分に機能しているということじゃないか」

「さあ、どうなんでしょう……。私には実情はわかりかねます。もしかしたら、相談を受けただけで、ほったらかし、という例もあるのかもしれません」

「だとしたら、大きな問題だ。ストーカー事案が殺人などに発展するケースが後を絶たないんだ」

「届け出や相談に来ていない被害者もいるでしょうし、相談を受けても、担当した係員によっては、事態を軽く見て相手にしない場合もあるでしょう」

「つまり、充分に対処できていない、ということだな？」

「うちの署だけでなく、全国すべての警察署で、そうなのだと思います。だからこそ、上のほうで、対策チームを編成するように言ってきたのでしょう」

斎藤の言うとおりだ。充分に対処できていたとしたら、ストーカーがこれほど問題視されることはないだろう。

「笹岡生安課長は、まだ何も言ってこないか？」

「まだです」

「わかった」

竜崎は電話を切った。

判押しを再開しながら、竜崎は考えた。

ストーカーがこれほど社会問題化したのは、いったいいつからのことだろう。被害にあった女性が、警察に相談していたにもかかわらず殺害される、という事案が相次いだ。マスコミが、それを大きく取り上げたのだ。

それから、ストーカー殺人という言葉が生まれた。

被害にあった人々は、本当に気の毒だと思う。ストーカー行為によって恐怖を味わい、その結果、殺害されてしまったのだ。

相談を受けた警察署は、何か有効な対処はできなかったのだろうか。

そう思う一方で、警察だけに責任を押しつけられても困ると、竜崎は考えていた。ものすごく乱暴な言い方をすれば、かつて、ストーカー対策など警察の仕事ではなかった。それを取り締まる法律がなかったからだ。

正式に警察がストーカーを取り締まることになったのは、平成十二年のストーカー規制法施行以来のことなのだ。

だが、依然として警察にできることは限られている。ストーカーに警告をしたり、禁止命令を出す。時には、逮捕することもある。

それでも、懲《こ》りないやつは、犯行を繰り返すだろう。ストーカー行為を禁止しても、彼らの感情を消し去ることはできない。

そう、問題は人間の感情なのだ。

つきまといや、しつこい電話、手紙、待ち伏せ行為などは、大昔からあったことだ。多くの場合、それが、恋愛の一つの側面として認識されていたはずだ。犯罪化するかどうかは、程度問題だし、つきまとわれる側の受け取り方の問題だということだ。それが難しい。百一回目のプロポーズとかいうタイトルのドラマが、昔あったし、一万一回目には何か変わるかもしれないという、ヒットソングもあった。

それは、取りようによっては明らかにストーカー行為だろう。悪気はなく、止《や》むに止まれぬ思いで、異性にアプローチすることを、ストーカー行為として警察が取り締まっていいものだろうか。

明確に訴えてもらえれば、警察も断固として法的な措置が取れる。だが、被害者に曖昧《あいまい》な態度で「相談」されても、正直に言って、どうしていいのかわからないのだ。

警察に何かしてほしいのなら、法的な措置が取れるだけの証拠とともに、ちゃんと告訴すればいい。

警察には、もともと民事不介入の原則がある。それは、怠慢なのではなく、言ってみればブレーキなのだ。

警察がすべてのトラブルに介入できるシステムは、極めて危険だ。それは、警察国家のシステムであり、警察力によって国家が国民を支配できるシステムなのだ。だから、民主警察は民事には介入しない。民主主義では、自分たちの問題は自分たちで解決する、というのが原則だからだ。

マスコミは、そういう原則論を無視し、あるいは、故意に触れないようにして、警察の責任だけを追及しようとする。

そして、警察の上層部は、それを気にして、マスコミ受けのいい対応策を、次々に打ちだそうとする。

割を食うのは現場の係員たちだ。彼らにしてみれば、やってられないという気分だろう。

それでも、多くの警察官たちは、必死にさまざまなトラブルに対処しようとしている。

個人ががんばっているのに、全体として対応がうまくいってないとしたら、それはシステムの問題で、責任はすべてそのシステムを作る上層部にあるのだ。

竜崎はそう考えていた。ただ、上層部に不満を抱いているだけではない。自分自身が警察官僚である以上、自分にも責任があるという自覚がある。

だからこそ、ストーカー対策チームを、形だけのものにしたくはなかった。

弓削は、形だけ整えば満足するかもしれない。だが、竜崎はそうではなかった。

一日は、あっと言う間に過ぎて行く。

午後五時になっても、ストーカー対策チームの人選に対する報告はなかった。

少なくとも、チームの音頭を取る生活安全課の笹岡からは、今日中に何らかの報告があると期待していた。

竜崎は、直接笹岡に電話することにした。同じことを、何度も言うと、うるさがられるだろう。だが、そんなことは竜崎にとっては、どうでもいいことだった。

「竜崎だ。笹岡課長か?」

「あ、署長……。はい、笹岡です」

「ストーカー対策チームの人選はどうなっている」

一瞬の間。

「実は、迷っていることがありまして……」

「何だ？」

「メンバーの中に女性警官が一人いるといいと、署長はおっしゃいましたね？」

「言った」

「理想的な人材がいるのですが……」

「ほう。では、リストに入れてくれ」

「そう簡単にはいかないようでして……」

「言いたいことがわからん。電話で言いにくいのなら、話を聞きに行く」

笹岡は、慌てた口調で言った。

「署長が、こちらにですか？　いや、待ってください。こちらからうかがいます」

「では、そうしてくれ」

竜崎は電話を切った。

まだ、判を押さなければならない書類がかなり残っている。押印《おういん》を続けながら、笹岡を待った。

電話を切った後、三分ほどで笹岡が署長室にやってきた。よほど急いだらしい。少しばかり息を切らしていた。

竜崎は尋ねた。

「理想的な人材がいるのに、何が問題なんだ？」

「一言で申し上げますと、本人が忙しすぎるのです」

「どんな係員だって忙しいだろう。それを承知の上で人選してくれと言ってるんだ」

「はい、それはわかっておるのですが……」

「その理想的な人材というのは、誰なんだ？」

「根《ね》岸《ぎし》紅《く》美《み》、二十八歳の巡査です」

「俺が想定しているチームのメンバーとしては、若すぎるのだがな……」

「彼女は、少年係にいるのですが、少年非行、特に少女の非行について熱心で、毎夜、夜回りをしているのです」

「夜回りというのは、記者が捜査員につきまとうことを言うのではないのか？」

「それとは意味が違います。毎夜、深夜に盛り場を歩き回り、少年少女たちに声をかけているのです」

「毎夜……？」

「自主的に活動を続けています。文字通り、寝る間も惜しんで、それを続けているのです。一度声をかけた相手からの電話相談にも応じます。おかげで、管内の少年犯罪はどんどん減少しているのです」

「それは頼もしいな。たしかに、そういう人材はチームに必要かもしれない」

「問題は、彼女が寝る間も惜しんで、活動を続けているということです。現状では対策チームとの兼務は困難と思われます」

「なるほど、忙しすぎると君が言ったのは、そういうわけか。ならば、何人かで彼女の活動の肩代わりをすればいい」

「それが、そう簡単にいかないのです」

「なぜだ？」

笹岡は、一瞬考えてから言った。

「本人から、直接話をお聞きになったほうがよろしいかと……」

竜崎はうなずいた。

「では、本人を呼んでくれ」

3

根岸紅美は、すぐにやってきた。

「生活安全課、少年係巡査、根岸です」

ショートカットで、大きな目が印象的だ。身長は百六十センチくらいだろう。引き締まった体格をしている。術科でそうとうに鍛えているようだ。

「夜回りをしているということだが……」

根岸は、ちらりと隣の笹岡生安課長を見た。笹岡は、うなずきかけた。だいじょうぶだから、正直に言いなさい、という意味だろう。

根岸は竜崎を見て言った。

「少年犯罪を未然に防ぐために努力しております」

「けっこうだ。具体的には、どういうことをするんだ？」

「繁華街や、幹線道路沿いのコンビニなどで、夜中に座り込んでいる子などに、声をかけます」

「何と言って声をかけるんだ？」

「相手の様子を見て臨機応変に考えます」

「例えば……？」

「一人きりの少女の場合は、帰るところがあるのかどうか尋ねます。複数で集合している少年などの場合は、これから何か予定があるのか、などと尋ねます」

「本当のことをこたえるとは限らないだろう」

「たいていは、嘘《うそ》を言います」

「それでも犯罪の抑止効果があると考えているのか？」

「効果はあります。犯罪が目的で繁華街をうろついている少年はごく少数です。多くの少年たちは、あてもなく街をさまよっているんです。彼らは、たいてい、自分の居場所を見つけられずにいます。そして、話し相手もいない。だから、声をかけてもらうだけで、救われた気持ちになるんです」

法律上は、少女も「少年」と呼ぶ。根岸が言う「少年」というのは、少女も含んだ意味だろう。

「反発する者も少なくないだろう」

「おっしゃるとおりです。でも、表面上は反発していても、実は、ただ素直になれないだけ、というケースが多いのです。さらに、その場では本気で反発しても、後で後悔するという少年たちもいます」

「熱意は評価する。だが、警察官の職務を逸脱しているのではないか？　正直に言って、そこまでやる必要があるのか、と思う」

「お言葉ですが、夜回りこそが少年係の仕事だと考えております」

「そういう仕事のために、少年補導員や、少年指導委員、少年警察協助員といったボランティアに委嘱《いしょく》する制度がある。そのような人たちに任せるわけにはいかないのか？」

「もちろん、少年補導員、少年指導委員、少年警察協助員の方々とも連携をして活動していかなければなりません。しかし、捜査権のないボランティアの方々では、どうしても対処できない問題が出てくるのです」

「それはやり方次第だと思う。捜査権が必要ならば、すぐに生安課や刑事課、機動捜査隊などの捜査員につなげばいいだけのことだ」

「いえ、実際にはそのような連携は、なかなか円滑には行われません」

「ほう……。それが本当だとしたら、大きな問題だな」

「事実です」

「なぜ、捜査員との連携がうまくいかないんだ？」

「理由はいろいろあると思います。まずは、捜査員の側に、少年事件に対する問題意識が薄いということも上げられるでしょう。有《あ》り体《てい》に言えば、補導員や指導委員は少年専門のボランティアなんだから、そっちで何とかしてほしいと、捜査員たちは考えているのです」

笹岡生安課長が、補足するように言った。

「刑事課で少年を逮捕しても、全件送致で家裁に送られます。逆送でもない限り、それでその事案は刑事たちの手を離れてしまうのです」

逆送は、逆送致とも言う。家庭裁判所が、少年犯罪について、刑事処分が相当と判断して、検察に送り返すことを言う。そうなると、刑事事件として捜査をし直すことになる。

竜崎は言った。

「そんなことは百も承知だ。その上で言っているのだが、夜回りをするよりも、少年補導員などのボランティアとの連携を密にする手段を考えたほうが有効なのではないか？」

根岸は、戸惑った表情になった。

「自分にそのようなことを判断する権限はありません」

「権限の問題じゃない。どうするのが一番合理的だと考えているか、ということだ。君は、ボランティアではない。警察官としての責務があるはずだ」

根岸が唇を咬《か》んだ。何か言いたいことがあるが、逡巡《しゅんじゅん》しているといった様子だ。

竜崎は言った。

「言いたいことがあるなら、率直に言ってほしい」

「一般的に合理的と言われて導入された仕組みが、本当にうまく機能することは、あまりないように感じます」

「それは、興味深い意見だな。合理的なものがちゃんと機能しないはずがない」

「要するに、実情と噛《か》み合っていない改変は、余計に不都合を生むことになるということです」

「それと、君が夜回りをすることと、どういう関係があるんだ？」

「上層部では、犯罪の摘発に重点を置いて人員の増減や組織の改編を行います。ですが、少年犯罪の現場では、もっと別の要求があるのです。そして、もしかしたらそちらのほうが、重要かもしれないのです」

「どんな要求だ？」

「犯罪に巻き込まれる少年たちは、助けを求めているんです。それは、被害者になる場合だけでなく、加害者になる場合も、同様です。少年犯罪は、断罪するだけでは決してなくなりません。彼らと同じ目線になって話をすることが大切なんです」

「しかし、それは警察官の役割ではないと、私は思う」

「いえ、それこそが少年係の仕事だと、私は考えております」

「直接少年たちの声を聞くことが重要だと、君は考えているんだな？」

「はい」

「一人一人の声に、真剣に耳を傾ける必要があると……」

「はい」

「だが、警察官には異動がある。君は他の部署に転属になることは考えていないのか？」

「それは……」

「君がやっていることは立派だと思う。だが、それがシステムとして生かされなければ、一過性のものになってしまう」

「それは理解しているつもりです」

「君が言った役に立たない合理的な仕組みというのは、本当に合理的なものではない。誰かの都合に合わせたに過ぎないんだ。いい例が企業の合理化という言葉だ。あれは、経営者の都合に合わせるという意味でしかない」

「本当に合理的なもの、ですか……」

「そうだ。誰かの都合に合わせるのではなく、いかに本来の目的を効率よく達成できるかを考えるのが本当の合理化だ。君の言うとおり、警察上層部が考える合理化も、企業の合理化と似たり寄ったりだ。だが、すべてが悪いわけではない。例えば、捜査支援のために、ＳＳＢＣができた。かつては、署ごと、捜査本部ごとにやっていたビデオ解析やパソコンの分析などを一本化し、得られた情報の蓄積も一括して行っている。これは、大いに捜査の効率化につながったはずだ」

　ＳＳＢＣは、捜査支援分析センターの略だ。平成二十一年に新設された。

　根岸紅美が言った。

「おっしゃるとおりだと思います」

「君が経験から得たノウハウは、署全体、あるいは、警察組織全体で共有されなければならない。でないと、君は警察官としての職務を果たしたことにはならないんだ」

　根岸紅美は、少しばかり驚いた顔になり、黙り込んでしまった。

　竜崎は続けた。

「勘違いしないでくれ。君を責めているわけではない。君の熱意は評価している。だが、笹岡課長は、君が忙しすぎることが問題だと言っている」

根岸は笹岡課長のほうを見てから竜崎に視線を戻し、言った。

「警察官になったからには、滅私奉公は覚悟の上です」

「まことに頼もしい言葉だが、今のようなことをいつまでも続けることはできないだろう。健康を害する恐れもある」

「鍛えているのでだいじょうぶです」

「いくら鍛えていたって、人間には限界がある」

「夜回りを止めろとおっしゃるのですか？」

「実は、相談がある」

「相談……？」

「ストーカー対策チームのことは聞いているか？」

「はい、概要は……」

「ストーカー事案の被害者は、圧倒的に女性が多い。そこで、チームにも女性メンバーがいることが望ましいと思った。その旨《むね》を、笹岡課長に伝えたところ、課長は君が適任だと考えたようだ」

「自分がですか？」

「だが、君は毎日夜回りで忙しいという。ストーカー対策チームは、知ってのとおり、兼任となる。君をチームに引っぱりたいが、今のままだとパンクしてしまうだろう」

「だいじょうぶです。やらせてください」

「安請け合いを信じるわけにはいかない。君がちゃんとストーカー対策チームの仕事をこなせないようなことになれば、他のメンバーに迷惑をかけることになる」

「どうすればよろしいのでしょう？」

「夜回りの頻度や時間を減らしてはどうかと思う」

「それは……」

「ただ減らせというのではない。君に課題を与えよう。少年補導員、少年指導委員、少年警察協助員などのボランティアと密な連絡を取り、彼らをさらに有効に活用できるような仕組みを考えてくれ」

「そんなうまい仕組みがあれば、とっくに採用されていると思いますが……」

「警察は役所だから非効率的なシステムがいたるところに残っている。おそらく少年警察ボランティアにおいてもそうだろう。そういうものを見直してほしい。その結果を見て、君にストーカー対策チームに参加してもらうかどうかを決めようと思う」

「了解しました」

「すぐにかかってくれ」

「はい」

根岸は、上体を十五度に傾ける正式な敬礼をして、署長室を出て行った。

笹岡課長が言った。

「なかなか難しい課題に思えましたが……」

「この程度のことで音《ね》を上げるようでは、理想的な人材とは言えない」

「根岸なら、必ずこたえを出すと思いますが……」

「思うが、何だ？」

「時間がかかるかもしれませんね」

「それがどうした？」

「警務課長から聞きました。野間崎管理官がいらして、ストーカー対策チームの編成を報告するようにと言われたのでしょう？」

「たしかにそう言っていたな」

「根岸が課題にこたえるまで、チーム編成はできないわけですよね」

「その旨を野間崎管理官に伝えればいい」

笹岡課長は、驚いた顔になった。

「それで済みますか？」

「済むも何も、実際に編成ができないのだから仕方がない」

「はあ……」

「せっかく作るのだから、役に立つチームを作りたい」

「方面本部が急いでいるのですから、適当に編成をして、後で訂正してはどうですか？」

「そんな姑息《こそく》なことをして何になる。形式だけ整っていればいいという、役人の悪い癖だ」

「すいません」

「方面本部のことは俺に任せて、根岸以外の人選を急いでくれ」

笹岡課長は、懐《ふところ》から三つ折りにした紙を取り出した。それを竜崎に差し出すと言った。

「すでに、他の人選は終わっております」

竜崎はA４の紙を開き、そこに印字されている名前と年齢、階級を見た。

巡査部長が二名、警部補が一名だ。いずれも経験豊富な係員だ。

竜崎はうなずいた。

「いいだろう」

「では、私は失礼します」

笹岡課長が礼をした。

「ああ、根岸君をそれとなくサポートしてやってくれ」

「心得ております」


すでに終業時間は過ぎているが、まだ判押しは終わらない。

午後六時半になろうとする頃、関本刑事課長と、久米地域課長がそろって署長室にやってきた。

久米課長が言った。

「ストーカー対策チームの候補リストを持ってまいりました」

「見せてくれ」

久米課長と関本課長は、ほぼ同時に紙を差し出した。竜崎は双方を受け取り、まず地域課のリストを見た。

巡査部長が二名、巡査長が一人だ。

「警部補がいないな……」

竜崎がそう言うと、久米課長が抗議の姿勢を見せた。

「警部補ということは係長ですが、地域課には若い係員が多く、係長をチームに引っぱられたら、日常業務に著しく支障が出ます」

地域課は、警察官になって最初に配属になる部署だ。最近は、機動隊などに配属される例もあるが、伝統的に、卒業配置では地域課に配属される。

したがって、警察官としての経験が浅い係員が多いのは事実だ。それだけ、係長の役割が大きくなるということだ。

この人選に、納得するしかないだろう、と竜崎は思った。

「わかった。受け取っておく」

次に、刑事課のリストを見る。

巡査部長が三名に、警部補一名。

巡査部長三名のうちの一人が戸高だった。

今日の朝、人選を命じたとき、戸高の話をしたので、わざとリストに入れて来たのだろうか。竜崎はそんなことを考えながら、関本課長に尋ねた。

「この人選は、本人には伝えてあるのか？」

「ええ、いちおう伝えてあります」

「戸高は、何と言っていた？」

「了解しました、と言っていました」

「あの戸高が、素直にストーカー対策チームに入ることを了解したというのか？」

「まあ、生返事でしたが……」

「本気にしていないということか？」

「戸高は、いざとなればちゃんと仕事をするやつです」

「彼を選んだ理由は？」

「実行力のある者を、ということでしたので……。戸高は充分に経験豊富ですし、実績もあります」

　竜崎はうなずいた。

　戸高は型破りな警察官だ。だが、優秀な刑事であることも事実だ。勤務態度は、あまりほめられたものではないが、捜査能力は高い。竜崎も、それは認めていた。

　ストーカー対策チームを有名無実のものにしないためにも、実力のある係員をそろえるべきだと竜崎は考えていたし、そう課長たちに指示をした。

　そういう意味で、戸高は悪くない人選かもしれないと、竜崎は思い直した。

「わかった。ごくろうだった」

二人の課長は、礼をして退出した。

どうも、課長たちの反応は芳《かんば》しくないな……。

竜崎は、そんなことを考えながら、押印を再開した。

たしかに署員は、それぞれに仕事を抱えて多忙を極めている。これ以上新たな仕事を増やしたくはないだろう。

課長たちは、自分のことよりも、部下の負担のことを懸念《けねん》しているに違いない。それはそれで、中間管理職として正しい態度だ。

そして、もしかしたら、ストーカー対策チームなどというものを、各署に新設すること自体が、現場の感覚にそぐわないのかもしれない。

根岸が言う「実情と嚙み合っていない改変」の類《たぐい》かもしれない。だからといって、警察庁や警視庁本部の指示を無視するわけにはいかない。

新設されるストーカー対策チームを、できるだけ役に立つものにするのが自分の役割だと、竜崎は考えていた。

そのためには、編成に多少時間がかかってもやむを得ないと思った。

すべての書類に判を押し終えたときには、七時半を回っていた。今日はまだ早いほうだ。

竜崎は、まっすぐ帰ることにした。夕食は、できるだけ自宅でとりたい。公用車で官舎に着いたのが八時頃だった。

「お帰りなさい」

妻の冴子が言った。「すぐに食事にします？」

「ああ、そうしよう」

竜崎は、着がえてダイニングテーブルに着いた。三五〇ミリリットルの缶ビールを一本だけ飲む。それが夕食時の習慣だった。

いつ呼び出しがあるかわからない。急用があったとしても、ビール一缶くらいなら影響はない。

ゆっくりビールを味わっていると、部屋から美紀が出てきた。

「帰っていたのか」

「うん」

「夕食は済んだのか？」

「済んだわ」

美紀もダイニングテーブルに着いた。

「なんだ、夕食は済んだと言っただろう」

「ちょっと話があるの」

「話……？」

「忠典さんのこと」

竜崎は、ビールの缶を置いて、冴子を見た。どうやら、冴子は美紀と事前に話をしているようだ。

「話を聞いても、父さんじゃ役に立たないかもしれんぞ。交際のこととかは苦手だからな」

「それはわかってる」

竜崎はうなずき、言った。

「とにかく、話してみなさい」

4

「忠典さんと私のこと、お母さんから聞いているでしょう？」

美紀が言った。竜崎はこたえた。

「詳しく聞いているわけじゃない。そして、こういう問題は、本人から聞かないことには、正確な状況が伝わらない」

「正確な状況って、別に警察の用事じゃないんだから……」

「父さんは警察官だ」

美紀が冴子に言った。

「お母さんは、どういうふうに説明したの？」

「忠典さんは結婚を急いでいるけど、美紀にはまだその気がない。まあ、要約すればそういうことね」

美紀がうなずいて、竜崎のほうを見た。

「私はまだ結婚なんて、とても考えられないの。まだまだ仕事も半人前だし……」

「仕事が半人前だと、結婚もできないのか？　父さんは、とても立派な警察官僚とは言えなかったが、結婚をしたぞ」

「男と女は違うのよ」

「どう違うんだ？」

「男の人は結婚しても、ずっと仕事を続けられるでしょう？　いや、続けなけりゃいけないわよね。でも、女は違う。家事はたいてい女がやらなくちゃならないし、子供を産むことになったら、仕事も休まなくちゃならない。育児だって女がやることになるでしょう」

「今どきの女性らしくないことを言うな。結婚しても働いている女性はいくらだっている。育児をしながら立派に働いている人もいる。女性が家事をやらなければならないという考え方も古いんじゃないのか？」

「だって、うちがそうじゃない」

　竜崎は、ふと考え込んだ。

　たしかにそうだ。

　理念としては、男女で家事を分担するというのも理解できる。だが、実際に竜崎はやっていない。

　家事などまったく自信がない。冴子がいないと、鍋《なべ》やフライパンがどこにあるのかもわからないのだ。

竜崎は、冴子が何か言ってくれるのを期待していた。だが、彼女は何も言わなかった。

「それは、わが家の事情だ」

「どういう事情？」

「父さんは、家事が苦手だ。正直言うと、まともにやったことがない。人には得意不得意がある。警察で起きる問題なら、どんなことにでも対処する自信があるが、掃除、洗濯、炊事などは、まったく自信がない」

「お父さんは、すごく忙しいしね」

「まあ、そうだな」

「忠典さんもそうなの。仕事がすごく忙しいし、家事なんてまったくできそうにない」

竜崎は、冴子を見た。まだ何も話そうとしない。

俺が困惑するのを見て楽しんでいるのかもしれない、と竜崎は思った。

「十の家庭があれば、十の形がある。結婚したからといって、うちと同じ生活をしなければならないということにはならない」

「子は親を見て育つの」

「おい、まるでわが家の子育てが間違いだったような言い方だな」

「そうじゃなくって……。忠典さんのお父さんも、警察官僚でしょう？　つまり、私と同じような家庭で育ったということよ。自然と、親のような家庭を目指すんじゃないかと思うわけ」

「そういうことは、忠典君と話をすればいい」

「話はしたわ」

「それで……？」

「口では、だいじょうぶだと言うの」

「だいじょうぶだというのは？」

「家事もちゃんと分担するし、私も会社を辞める必要はないって言ってた」

「ならば、それでいいじゃないか」

「そんなの信用できないじゃない。もし、忠典さんが転勤になったらどうするの？」

竜崎は考え込んだ。

自分も転勤が多かった。これからも多いだろう。警察官僚の宿命だ。そして、それは美紀の交際相手、三村忠典の父である三村禄郎も同様だった。

警察幹部で単身赴任する者は滅多にいない。忠典もそれが当然と考えているかもしれない。そうなれば、美紀が言うとおり、彼が言うことは口先だけという恐れも、充分にある。

結婚した後に、忠典が転勤することになれば、美紀といっしょに引っ越すことを望むだろう。

あるいは、しばらくは単身赴任でいいと言うかもしれない。だが、それは本心ではないだろう。

そして、そういう無理は長い間に積もり積もって、いずれは大きな問題になりかねない。

竜崎が黙っていると、冴子が言った。

「お父さんが言うとおり、十の家庭があれば、十通りの形があるものよ。親の世代がどういう生活をしていたか、なんて考える必要はないわ」

「私はまだ、家庭に縛られたくないの」

「そうね」

冴子は言った。「家庭に縛られる、なんて言い方をしているうちは、結婚は無理ね」

竜崎は驚いて言った。

「おい、おまえは、美紀と忠典君を結婚させたいんじゃないのか？」

冴子がこたえる。

「誰もそんなことは言ってない」

「じゃあ、どうして俺に、美紀と話をしろなんて言ったんだ」

「父親と娘が話をするのは普通のことでしょう」

竜崎は、溜《た》め息《いき》をついてから美紀に向かって言った。

「それで、今はどういう状態なんだ？」

「別れるかもしれない」

「おまえがまだ結婚を考えていないという話をしたら、じゃあ別れようという話になったんだな？」

「……というより、別れたほうがいいんじゃないかって、私が言ったわけ」

竜崎はうなずいた。

「なら、別れればいい」

冴子が竜崎に言った。

「物事、そう簡単にはいかないのよ」

「どうしてだ？」

竜崎は美紀に尋ねた。「未練があるのか？」

美紀が言った。

「ないと言えば嘘になるけど、私は別れてもいいと思っている。でも……」

「でも、何だ？」

「最近、忠典さんがしつこいの」

「しつこい……？」

「頻繁にメールを寄こしたり、電話をかけてきたり……。いつかは、駅で待ち伏せされたわ」

竜崎は、眉《まゆ》をひそめた。

「それは、ストーカー規制法に抵触する要件を満たしているぞ」

「もし、私が忠典さんと付き合っていなければ、立派なストーカーね」

「付き合っていたとしても、ストーカー規制法の対象にはなる。もし、おまえが警察に相談をすれば……」

「まさか、私が警察に言うわけないでしょう」

「仮定の話だ。まあ、ストーカー行為というのは、あくまで被害者からの相談や届けがあって取締の対象になる。でなければ、恋愛の告白すらも取り締まられることになる」

冴子が竜崎に言った。

「忠典さんは、美紀と別れたくないと言っているわけ。だから、連絡を取りたがっているのよ」

「それは理解できないわけではないが、行きすぎると、本当にストーカー規制法の対象になるぞ」

ストーカー対策チームを編成しようとしている矢先に、何ということだ。

竜崎は、そんなことを思っていた。

「ねえ、どうすればいいと思う？」

美紀が竜崎に尋ねた。「放っておいていいかしら」

「おまえは、どうしたいんだ？」

「会って話をしても、堂々巡りなのよ。だから、今はしばらく距離を置きたい。ねえ、これって、わがまま？」

「いや、それでいいんじゃないかと思う。いずれ忠典君も頭を冷やすだろう。仕事が忙しいのなら、恋愛にかまけている暇もないだろうし」

冴子が言う。

「恋愛にかまけるという言い方はないと思うわ。向こうは美紀とのことを、真剣に考えているのよ」

「それはわかっている。言葉のアヤだ」

「あなたに、言葉のアヤなんてわかるとは思えないけど」

「今は距離を置きたいという美紀の意思を尊重すべきだろう」

「それはそうだけど……」

竜崎は美紀に言った。

「だが、その気持ちだけは、はっきりと忠典君に伝えておきなさい」

「わかった」

美紀が席を立った。「メールしておく」

メールか……。せめて電話をできないものか……。

竜崎は思った。

メールはたしかに便利だが、どうにも味気がない。自筆の手紙や肉声による電話のほうが、気持ちが伝わるのではないかと思ったが、今はそういう時代ではないのかもしれない。

美紀が部屋に戻ると、冴子が言った。

「やっぱり、父親は娘に甘いわね」

「そんなつもりはない。俺は、原則論を言ったまでだ」

「ビール、まだ飲みます？」

「そうだな。今日はまだ早いから、もう一本もらおうか」

冴子が台所に立った。

翌朝、署長席に座るとすぐに電話がかかってきた。第二方面本部の野間崎管理官からだった。

「おはようございます。約束は覚えておいでですね？」

「ストーカー対策チームのことですね」

「今日中に人選をしていただけるとのことでしたよね」

「そのつもりでした」

「それは、どういうことですか？」

「事情がありまして、もう少し時間がかかりそうです」

「約束を守っていただけないということですね？」

「言い訳のように聞こえるかもしれませんが、私は昨日、あなたにこう言ったのです。

おそらく明日中には、人選を終えて報告できると思う、と……」

「今日で間違いないと、署長はおっしゃった」

「間違いないと思う、と言ったのです」

「それは、約束したも同然なんです」

「いや、約束したわけではありません」

野間崎は、あきれたように言った。

「あなたは、自分が言われたことを、一字一句間違いなく覚えておいでなのですか？」

「覚えているのが普通だと思いますが……」

一瞬の間があった。何の間だろうと、竜崎は思った。

「とにかく……」

野間崎の苛立《いらだ》った声が聞こえてきた。「私は、昨日のあなたの言葉を信じて、方面本部長にそう報告したのです。今さら、間違いでしたとは言えない」

「では、方面本部長に、事情が変わったのだとお伝えください」

「子供の使いじゃないんだ。そんなこと、言えるはずないでしょう」

「なぜです？　本当に事情が変わったのですから、それを説明すれば済む話でしょう」

「署長……。事情が変わったの一言で済めば苦労はいらないんですよ。いいですか？民間の工場を考えてください。事情が変わった、で納期が遅れたら、ただでは済みませんよ。それが仕事というものです」

「警察署は工場ではありません。そのアナロジーは無意味です」

「今日中に何とかなりませんか……」

根岸紅美に発破をかければ、何とかなるかもしれない。

だが、それで中途半端《はんぱ》なアイディアを提出されても意味はない。根岸を夜回りから解放するために、地域ボランティアなどをどう活用すればいいか。その有効な試案を提出してもらわなければならない。

机上の空論では困る。それは根岸も心得ているだろう。彼女なりに根回しをして、実行可能でなおかつ最も役に立つ案を練り上げてくるに違いない。

それには、やはり多少の時間がかかるだろう。根岸は、その試案作りに没頭できるわけではない。少年係の仕事をやりながら、根回しをし、考えをまとめなければならない。おそらく、昨夜も夜回りをやったのだろう。

これ以上、根岸にプレッシャーをかけるわけにはいかない。

竜崎は電話の向こうの野間崎に言った。

「今日中に、というのは無理だと思います」

溜め息が聞こえた。

野間崎も板挟みで苦しんでいるのだろう。だが、板挟みこそが中間管理職のつとめだ。竜崎は、そう思う一方で、さすがに野間崎が気の毒になってきた。

「あなたから方面本部長に言いにくいのなら、私が直接報告してもいいです」

「あ、えーと……。それは、方面本部長に、大森署まで来て欲しいということですか？」

「それは、いくらなんでも失礼でしょう。こちらから出向きます」

それには及ばない。実は、そういう返事を期待していた。竜崎だって忙しい。いちいちつまらないことで方面本部まで出かけたくはない。

野間崎が言った。

「いつ、いらしていただけますか？」

期待外れだった。

「方面本部長のご都合がよろしいときに……」

「わかりました。追って連絡します」

電話が切れた。

受話器を置くと、竜崎は笹岡生安課長を呼んだ。そして、判押しを始めた。今日も決裁のための書類を束ねたファイルがずらりと並んでいる。

笹岡生安課長がやってきた。

竜崎は、判押しをしながら尋ねた。

「根岸の件はどうだ？」

笹岡は困った様子でこたえた。

「どうだと言われましても……。昨日の今日ですから……」

「まあ、そうだろうな」

「急がせましょうか？」

「いや、その必要はない。急がなければならないことは、充分に自覚しているはずだ。根岸は、昨夜も夜回りをやったのか？」

「そうだと思います」

正確には知らない様子だ。まあ、無理もないと、竜崎は思った。課長が、個々の係員の行動をすべて把握するのは不可能だし、またその必要もない。

そのために係長がいるのだ。

「根岸が試案を上げてきたら、すぐに私のところに直接持ってくるように言ってくれ」

「わかりました」

実は、無理と知りつつも、朝一番で試案が上がっていることを、心のどこかで期待していたのだ。だが、やはり、こちらも期待外れだった。

笹岡生安課長が署長室から退出してほどなく、通信指令センターからの一斉無線が流れた。

大森署管内の事案だったので、竜崎は耳を澄ませた。

どうやら連れ去り事件のようだ。娘が男に連れ去られたようだという一一〇番通報があったという。

通報者の住所は、大田区大森北四丁目。そのあたりは、住宅街だ。

竜崎は、斎藤警務課長を呼んだ。彼はすぐにやってきた。

「連れ去り事件だって？」

「そのようですね。今、地域課が対処しています」

「地域課？　刑事課じゃないのか？」

「まだ詳細がはっきりしませんので……。そういう通報があったというだけで……。連れ去り事件だということで駆けつけたら、駆け落ちだったとか、彼氏と遊びに出かけただけだったとかいうことがよくありますので……」

「今回もそうだといいが……」

「何かあれば、すぐにお知らせします」

「そうしてくれ」

斎藤が部屋から出て行った。竜崎は判押しを再開する。

現場のことは、課長たちに任せておけばいい。それで署内はうまく回っていくはずだ。だが、竜崎はつい初動の段階から事情を知っておきたいと思ってしまう。いちいち口を出すつもりはない。ただ知っておきたいのだ。でないと、後々何か起きたときに責任の取りようがない。

五分ほどして、斎藤警務課長が再びやってきた。

「どうやら事件のようです」

「略取《りゃくしゅ》・誘拐ということか？」

「通報者の寺川詠子《てらかわえいこ》、五十六歳によると、娘が昨夜男性に会いに行き、そのまま戻らなかったのだと……」

「昨夜から戻っていないのか？」

「はい」

「それが、どうして朝まで通報しなかったんだ？」

「詳しい事情は、今、刑事課捜査員が駆けつけて聞いている最中です」

「わかった。何かわかったら、逐一知らせてくれ」

「了解しました」

　斎藤警務課長が出て行くと、すぐに野間崎から電話がきた。

「方面本部長は、署長にすぐに会いたいと言っています。来ていただけますね？」

「略取・誘拐と思われる事案の通報がありました。私はここを動きたくないのですが……」

「また事情が変わったと言われるのですか？　それはあまりに身勝手ではないですか？」

　事件が起きたのだ。それを身勝手と言うのか。あきれてしまいそうになったが、野間崎の立場も理解できないではない。

　大森署から第二方面本部までは、車で十分ほどだろう。

「わかりました。今からうかがいます」

「お待ちしております」

　野間崎のほっとしたような声が聞こえた。

5

第二方面本部に着くと、玄関で野間崎が待っていた。竜崎は少々驚いて言った。

「まさか、君が出迎えてくれるとはな……」

「確実に方面本部長の部屋にお連れするためです。また、気が変わられたらかないませんせん」

「気が変わったわけではない。事情が変わったのだ」

「似たようなものでしょう」

「いや、それは違う。事情が変わるというのは、多くの場合不可抗力だ」

「ここで署長と議論するつもりはありません」

「私もだ」

「方面本部長がお待ちです」

野間崎が歩き出したので、竜崎はその後ろについていった。方面本部など滅多に来ないが、警察の建物などどこも似たようなものだ。

不思議に思うのだが、警視庁本部から地方の所轄《しょかつ》署に至るまで、驚くほど雰囲気が似通っている。

器の問題ではなく、何が収まっているかで、その建物の雰囲気が決まってくるようだ。方面本部も、警察独特の匂《にお》いがあった。

方面本部長室のドアを、野間崎がノックした。中から返事が聞こえる。

「失礼します」

野間崎がドアを開け、竜崎に先を譲った。

弓削方面本部長は、立ち上がって竜崎を迎えた。

「やあ、署長。ご足労いただき、恐縮です」

弓削本部長とは、数えるほどしか会ったことがない。弓削の前任者である長谷川弘は、キャリア組だったが、弓削本部長はノンキャリアだ。

階級は警視正だ。ノンキャリアで警視正まで登り詰めるのは並大抵の苦労ではないはずだ。

よほど出世街道を順調に進んでこなければ、ここまで来られない。言葉を変えれば、それだけ狡猾《こうかつ》だということになるのかもしれないと、竜崎は思った。

いずれにしろ、油断のならない相手だ。

「まあどうぞ、おかけください」

革張りのソファを勧められた。だが、竜崎は立ったまま言った。

「ストーカー対策チームの人選が遅れていることについて、説明に上がりました」

弓削は笑顔を絶やさない。

「いやあ、それについては、こちらも困っていましてね……。警視庁本部からは、早いところ形をまとめろと言われておりまして……」

竜崎が立っているので、弓削も立ったままだった。階級は同じことが多いのだが、普通なら、所轄の署長よりも方面本部長のほうが立場が上だ。だから、方面本部長が所轄の署長に気を使う必要はない。

だが、竜崎は警視長だ。弓削よりも階級が上なのだ。一種のねじれ現象と言っていい。だから、弓削は、竜崎とどう接していいのかまだ決めかねているような様子だ。

あくまでも立場を重視するのなら、上に立てばいい。だが、竜崎がいつまでも所轄の署長でいるとは限らない。

今後の異動で、どこに行くかわからないのだ。そのとき、階級も立場も弓削の上になるかもしれない。弓削はそれを考慮して慎重に振る舞っているのだろう。

出世街道をひた走ってきたような男が考えそうなことだと、竜崎は思った。

「せっかくストーカー対策チームを立ち上げるのですから、無用の長物では困ります。できれば画期的な陣容にしたい。そう考えて人選を始めたところ、ちょっとした事情が持ち上がりました」

「ほう……」

弓削は落ち着かない様子で言った。「とにかく、座りませんか？」

「いいえ、長居をするつもりはありませんから、このままでけっこうです」

弓削は困ったような顔になって言った。

「こういう場合、あなたが長居をするかどうかは、私が決めるのですがね……」

「私は、事情を説明しろと言われたので、そのために来ました。事情説明に、それほど時間がかかるとは思えません」

「しかし、せっかくいらしたのですから、いろいろと聞かせていただきたいこともあります」

「お訊《き》きになりたいことが……？　ならば、報告の後に質問してください。こたえられる事柄であれば、すぐにおこたえします」

「何か、火急の用でもおありですか？」

「管内で、略取・誘拐と思われる事案が発生しております」

「え……」

弓削は、驚いた様子で言った。「それはいつのことですか？」

「今朝八時五十分頃に、無線が流れました」

「午前八時五十分……。私が登庁する直前ですね……」

警視正からすべての警察官が国家公務員になる。そして、国家公務員キャリアの始業時間はたいてい九時だから、それに合わせて出勤する警察官僚も少なくない。

「今、刑事課が通報者に事情を聞きに行っているはずです。ですから、私は一刻も早く署に戻りたいのです」

弓削が野間崎管理官に言った。

「私のところには、まだ報告が上がってきていない。調べてくれ」

「わかりました」

野間崎はすぐに方面本部長室を出て行った。竜崎は言った。

「では、事情を説明させていただきます。ストーカー事案に関わりを持つと思われる生活安全課、刑事課、そして地域課から若干名を候補として出させ、チーム編成を行おうと考えました。さらに、被害者に女性が多いことから、女性係員がチームに参加することが望ましいと考えました」

弓削はうなずいた。

「それはいいアイディアですね」

「当然、誰でも考えることだと思いますが……」

「他の署からは、そういう人選は上がって来ていませんね」

竜崎は興味を覚えた。

「どういう人選が多いのですか？」

「各警察署は、ストーカー相談窓口を設けています。その係員との兼任が多いですね」

「それでいいのですか？」

「それでいいとは……？」

「警察庁と警視庁本部の肝煎《きもいり》で新設しようというチームなんです。今までの相談窓口に毛が生えたようなもので、お茶を濁すのでは意味がありません」

弓削の表情が曇った。

「……ですが、相談窓口の係員は、それなりに経験を積んでおりますし、事情にも通じていると思います」

「今までの対応で、ストーカー殺人を防げなかった。その反省から、警察庁や警視庁本部は、対策チームの設置を指示してきたのです」

「それはわかっていますが、新たに組織を編成するとなると、時間もかかりますし、人員のやり繰りもたいへんでしょう」

　竜崎はすっかりあきれてしまった。

「だから、少々時間をいただきたいと申しているのです」

　早々に人選をして提出した警察署は、形式だけ整えたに過ぎないのではないだろうか。典型的なお役所仕事だ。それでは、対策チームの効果は望めない。

　弓削は、警視庁本部からの要請に、いち早くこたえることで、点数を稼ごうとしたに違いない。

　形式よりも内容。それが重要だ。それが愚かな役人にはわかっていない。

　弓削が言った。

「できるだけ効率よく人員を都合することが、現実的だと思います」

「あなたとは、現実的という言葉の解釈が違うようです。私にとって現実的というのは、実際に機能するということなのです。私は、そういうチーム作りをするつもりです」

「なるほど……」

「もちろん、可及的すみやかにという指示には従うつもりです。あと一日だけ時間をいただければ人選を提出できると思います」

「あなたは、今日中に人選を終えられると言われたそうですね。その約束が果たせなかったのです。もう一日、もう一日と、ずるずると引き延ばされるのではないでしょうね？」

「事情が変わったと、野間崎管理官には説明しました」

「その事情というのは？」

「たいへん仕事熱心で、人望も篤《あつ》い少年係の女性警察官がおり、ぜひストーカー対策チームに参加させようと思いました」

「それはいいことです」

「しかし、その女性警察官は、毎日、夜回りを自発的に行っており、とてもではないが対策チームとの兼務は無理だと、生活安全課長に言われました。そこで、私は、その女性警察官に、地域ボランティアを活用して、夜回りとほぼ同等の効果を上げられる方策を考えるようにと指示しました。本人がその案をまとめて提出すれば、すぐに実行させて、彼女をストーカー対策チームに引っぱるつもりです。それで人選は完了です」

「なんだ、簡単なことじゃないですか。その女性警察官の名前を入れて、名簿を提出してください」

竜崎は眉をひそめた。

「もし、彼女が地域ボランティアの活用方法をうまくまとめられず、夜回りを続けることになれば、対策チームには参加できないことになります」

「こういうことは、見切り発車でいいんですよ。名簿と実情が多少合わなくても、目くじらを立てるやつはいません。それに、メンバーは常に見直しが必要です。選んだメンバーが異動になることだってありますからね」

少なくとも、竜崎は部下に書類を提出させるとき、そういういい加減なことは許さない。課長たちにも、実際にチームで活躍できる人選をさせた。

せっかく新たなストーカー対策の一環として、対策チームを新設したものの、それがいい加減な人選の結果だとしたら、たいした成果は上げられないに違いない。

中枢《ちゅうすう》の思惑と、末端の意識の食い違いだ。

「常に見直しが必要だというのは理解できます。しかし、それを前提として、いい加減なリストを提出するわけにはいきません」

「つまり、その女性警察官のこたえ待ちということですね？」

「はい。彼女が加わることで、対策チームは最良のメンバーになると思います」

「仕方がない。あと一日待ちましょう」

弓削はそう言って、竜崎の反応をうかがっているようだった。礼を言われるのを期待しているのかもしれない。

だが、礼を言うようなことではないと、竜崎は思った。

そこに野間崎管理官が戻ってきた。

「間違いなく、八時五十分頃に、無線が流れています。連れ去り事件のようですね。通報者の氏名は、寺川詠子。年齢、五十六歳。娘が男性に会いに行ったまま戻らないという通報だったそうです」

「男に会いに行ったまま戻らない……？」

弓削は、顔をしかめた。「若い男女のことだ。そういうことだってあるだろう」

「はあ……」

野間崎は、下を向いたまま何も言わない。竜崎が割って入った。

「大森署では、事件と判断して対処しています」

「事件だという根拠は？」

「第一に、疑わしいときは事件だと考えるべきです。でないと、対処が遅れることになります。対応してから事件でなかったということがわかっても、何の問題もありません。安全の確認も警察の業務の一つです。第二に、警察に通報するというのは、何か危機感を持っているからでしょう。ただ、娘の帰りが遅いだけで一一〇番する者は滅多にいないと思います」

「どうかね……。ゴキブリが出たといって一一〇番してきた女性の例もあるそうだよ」

「一人暮らしの女性にとって、ゴキブリが出るというのは、おそらくたいへんな出来事です。一一〇番した本人は、そのときパニック状態だったに違いありません。つまり、寺川詠子も、一種のパニック状態だったのかもしれないということです」

「だが、娘が男に会いに行っただけのことなんだろう？」

「今、刑事課が詳しい事情を聞きに行っています。ですから、一刻も早く署に戻りたいのです」

弓削は、溜め息をついた。

「せっかくの機会なので、ゆっくりお話をしたいと思っていたのですがね……」

「質問があれば、どうぞ」

「いや、またの機会にしましょう」

「では、失礼します」

方面本部長室を退出すると、野間崎がついてきた。

「それで、どういう話になったんですか？」

「もう一日待ってもらうことになった」

「まったく、署長には驚かされることばかりです」

竜崎は不思議に思った。

「私は別に、特別なことなど何一つしていないつもりだ」

「それ、おそらく、本気なんでしょうね」


署に戻ると、竜崎はまず、斎藤警務課長に尋ねた。

「連れ去り事件のほうはどうなっている？」

「刑事課長に報告するように言いますか？」

「可能ならそうしてくれ。もし、手が離せないようなら報告は後でいい」

「了解しました」

斎藤警務課長が出て行って、五分後に関本刑事課長がやってきた。

「報告に参りました」

「昨夜、男性に会いに行った娘が戻らないということだが、間違いなく事件なんだな？」

「通報者に話を聞いた捜査員によると、どうやら娘さんは、しつこく言い寄られていたようで、それをやめてもらうよう話をするために、男に会いに行ったようです」

「ストーカーか……」

「そういうことになると思います」

なんとタイムリーなのだろうと、竜崎は思った。

「一人で会いに行ったのか？」

「いいえ、友人の男性が同行したということです」

「その男性の行方は？」

「不明です。今、二人の足取りを追っているところです」

「関係者の氏名、年齢を教えてくれ」

「はい。通報者は、寺川詠子、五十六歳。専業主婦です。行方がわからなくなっている娘は、寺川真智子《まちこ》、二十四歳。服飾メーカーのＯＬです。寺川真智子にしつこく言い寄っていたのは、下松洋平《しもまつようへい》、二十四歳。無職でバイト暮らしだったようです。寺川真智子とは、地元の高校の同級生だったということです」

「……ということは、下松も管内に住んでいたということか？」

「はい。寺川親子の住所は、大森北四丁目。そして、下松洋平の住所は、山王《さんのう》一丁目です」

「寺川真智子に同行した男性というのは？」

「中島繁晴《なかじましげはる》、三十歳。寺川真智子の会社の先輩なのですが、母親によるとどうやら最近交際を始めていたようです」

「二人の足取りを追っていると言ったな？」

「寺川真智子は、下松洋平と連絡を取り合って、下松の自宅近くまで出かけたようです。下松が呼び出したと思われますが、その後の足取りが不明です」

「下松洋平は、一人暮らしだったのか？」

「いいえ、母親といっしょに住んでいました」

「父親は？」

「離婚して、別の場所で暮らしているということです」

「母親に話は聞いたか？」

「はい。下松洋平は、昨日の夕方出かけて行ったきり、戻っていないということです」

「三人とも姿を消したということか……」

「はい……」

竜崎は、ふと気になって尋ねた。

「なぜ、寺川にしつこく言い寄っていた男が下松だとわかったんだ？」

「実は、寺川は大森署にストーカーの相談に来ていました。相談を受けた生安課の担当者に、そのように話したそうです」

そう言った後で、関本の表情が曇った。

「相談を受けていたとなると、面倒なことになりますね……」

「面倒なこと？　なぜだ？」

「ストーカーの相談を受けていながら、事件に発展したとなれば、またマスコミが騒ぎます」

「騒がせておけばいい。マスコミなど実情を知らずに勝手なことを言うだけだ」

「ですが……」

「心配ない。責任は俺が取る」

「了解しました」

関本刑事課長が部屋を出て行くと、竜崎は、山積みの書類の判押しを始めた。今日は、方面本部に出かけたせいで、午前中に片づけるべき量をこなせていない。

昼食に仕出し弁当を食べ、さらに黙々と判押しを続けた。

その後、連れ去り事件の続報はない。根岸紅美からの知らせもない。こういうときは、じっと待ち続けるしかない。おかげで、判押しがはかどった。

午後三時になろうとするとき、通信指令センターからの無線が流れた。大森署管内で、死体が発見されたという通報があったようだ。

地域課係員と、刑事課の捜査員が現場に急行した模様だ。遺体が発見されたのは、大田区山王一丁目だということだ。

下松洋平の住所も、山王一丁目だ。竜崎は、連れ去り事件と関連があるに違いないと考えていた。

関本刑事課長の報告を待つことにした。

その関本がやってきたのは、無線が流れてから二十分後のことだった。

「死体が発見された件は、ご存じですね？」

「ああ。連れ去り事件との関連は？」

「死体の身元が確認されました。中島繁晴でした」

「寺川真智子の交際相手だったな」

連れ去り事件だけでなく、殺人事件が起きた。これ以上、事件を拡大させてはならない。竜崎は、そう考えていた。

6

殺人事件となれば、捜査一課が動き、捜査本部ができるだろう。警察署にとって、捜査本部はたいへんな負担だ。費用もさることながら、多くの人員を割かねばならない。

机上の電話が鳴った。

「竜崎だ」

「斎藤です。刑事部長からお電話ですが……」

伊丹俊太郎《いたみしゅんたろう》刑事部長とは同期だ。それだけでなく、小学校時代からの幼馴染《おさななじ》みでもある。

「つないでくれ」

「了解しました」

すぐに電話がつながり、伊丹が言った。

「殺人だって？　どうなってる？」

「まだ、初動捜査の段階だ。被害者の氏名くらいしかわかっていない」

「ストーカー絡《がら》みだというじゃないか。対策チームを作ろうとしている矢先の事件だ。やっかいだぞ」

「やっかいなのは、どの事案もいっしょだ」

「俺が言っているのは、マスコミのことだ。また警察の対処が後手に回ったと、言われかねない」

「言わせておけばいい。こちらは、やることはやっているんだ。それに、殺人の被害者は、ストーカー被害にあっていた女性ではない」

「だが、聞くところによると、ストーカーに話をつけるために会いに行く女性に同行した男性が被害者だというじゃないか」

「耳が早いな」

「誰だと思ってるんだ。刑事部長だぞ。情報はすぐに上がってくる。捜査本部を立ち上げるかどうかを判断するのも俺だ」

「それで、捜査本部はどうするんだ？」

「被疑者が確定しているので、必要ないとは思うが……。ん……、ちょっと待て」

電話がつながったまま、しばらく待たされた。時間の無駄だと思ったが、切るわけにもいかない。待つ間、三枚の書類に判を押した。

再び、伊丹の声が聞こえてきた。

「面倒なことになったぞ」

「やっかいだの面倒だの、文句が多すぎる」

「神奈川県警から、今しがた連絡があったそうだ」

「神奈川県警……？」

「下松洋平というのが、ストーカーの名前だな？」

「そうだ」

「つまり、殺人の被疑者というわけだ」

「現時点では、そう言ってかまわないと思う」

「下松洋平の父親は、横浜市鶴見区に住んでいる。離婚したらしいな」

「それも聞いている」

「その父親、下松忠司《ちゅうじ》、六十歳は、猟銃を所持していた。そして先日、その猟銃を紛失したという届けを鶴見署に出している」

「紛失……？」

「下松忠司が留守中に、何者かが持ち出したらしいというのだ」

「つまり、下松洋平が猟銃を所持している可能性が高いということか？」

「ああ。下松洋平は忠司の自宅アパートの合い鍵《かぎ》を持っていたということだ。神奈川県警では、こちらの事件の概要を知り、関連があると考えて知らせてきたんだ」

「なるほど、おまえが、面倒なことだと言ったのも理解できるな」

「殺人犯が、猟銃を持ち、人質を取って逃走している。捜査本部が必要かもしれないな。ＳＩＴ《シット》（特殊犯捜査係）の投入も視野に入れる」

竜崎は考えた。捜査員を大量投入する捜査本部は、犯人が特定できていない場合の捜査には、きわめて有効だ。

だが、今回は、かえって小回りが利《き》かないように思った。

「捜査本部というより指揮本部のようなものが必要だと思う。そして、随時前線本部を作って行けば、指揮本部にはそれほどの人員は必要ない」

「指揮本部や前線本部なら、やはりＳＩＴの出番だな」

「それはおまえに任せる」

「わかった。また連絡する」

電話を切った竜崎は思った。

これ以上、事件を拡大させてはならないと考えていた。だが、すでに事態は悪化しつつある。

伊丹は、捜査本部にしろ、指揮本部にしろ、大森署に何らかの拠点を作ろうとするだろう。そのための人選も考えなくてはならない。

殺人事件なのだから、強行犯係を中心とした人選になる。その他の人員は、斎藤警務課長に言えばそろえてくれる。だが、逃走犯は人質を取っている上に、猟銃を所持しているかもしれない。その人選でいいだろうか。竜崎はさらに考えようとしていた。

そこに、笹岡生安課長が顔を出した。

「今、よろしいですか？」

「かまわない」

「略取・誘拐に殺人なのでしょう？　だいじょうぶですか？」

「刑事課は刑事課、生安課は生安課だ。根岸の件か？」

「はい」

「そっちも急ぎだ。どうなった？」

「彼女が素案をまとめてきました」

笹岡がＡ４の紙を差し出す。竜崎は、それを受け取って眼を通した。

三つの骨子から成っていた。

まず、第一は、地域ボランティアが警察に連絡する事案を増やすこと。現時点では、非行少年と被害少年、要保護少年の三件だけについて連絡することになっている。

その他のいわゆる不良行為少年については、警察には連絡がこない。

細かく言うと、非行少年は、犯罪少年、触法《しょくほう》少年、ぐ犯少年の三種類に分けられる。犯罪少年は、十四歳以上二十歳未満で罪を犯した少年。触法少年は、十四歳未満で刑罰法令に触れる行為をした少年。そして、ぐ犯少年というのは、きわめて反抗的であったり、家に寄りつかないなどの理由で、将来的に罪を犯したり刑罰法令に触れる行為をする恐れがある少年のことだ。

地域ボランティアがこれらの少年に関する事案を認知したら、警察に知らせなければならない。

根岸は、それ以外の不良行為少年についても、必要ならば警察に知らせるべきだと言っているのだ。

不良行為というのは、飲酒、喫煙、薬物乱用、粗暴行為、刃物等所持、性的いたずら、暴走行為等々だ。いわゆるカツアゲなども含まれる。

不良行為少年については、地域ボランティアが助言・指導し、必要に応じて家庭・学校・職場等に連絡することになっている。

根岸が指摘するとおり、こういう行為に、助言・指導だけでは対応が甘いと言えるかもしれない。

第二の骨子は、連絡の徹底だ。

警察に連絡をするときに、確実に担当者に知らせがいくように、警察官の携帯電話の番号を地域ボランティアに教える、というものだ。

竜崎は、逆に、今まで番号を教えていなかったのかと驚いた。だが、ボランティアと警察の関係などその程度のものだろう。個人的に教え合っている警察官とボランティアはもちろんいるだろうが、組織として徹底されているわけではなさそうだ。

第三の骨子は、ボランティアを対象に、これまで根岸が経験したことを踏まえて、レクチャーをするというものだ。彼女が身をもって経験したことはきわめて貴重なデータだ。机上の空論ではないのだ。それを共有しない手はないと、竜崎は思った。

「いいと思う」

竜崎が言うと、笹岡生安課長はほっとしたような表情を見せた。

「画期的なアイディアとは言い難いので、私はちょっと拍子抜けしたように思ったのですが……」

「この程度が現実的だと思う。実行できないアイディアなど意味がない」

「では、本人にそのように伝えます」

「これで根岸は、ストーカー対策チームに参加できるということだな」

「はい」

竜崎はうなずいた。

「席に戻るときに、斎藤課長を呼んでくれ」

「わかりました」

笹岡が退出してしばらくすると、斎藤警務課長がやってきた。

「お呼びですか？」

「生安課の根岸がストーカー対策チームに参加できることになった。これで、メンバーのリストが完成した。方面本部の野間崎管理官に送ってくれ」

すでに、根岸以外の人員の官姓名は斎藤課長に渡してある。斎藤は言った。

「承知しました」

これで、ようやくストーカー対策チームの件が片づいた。いったん出て行った斎藤課長が紙を手に戻って来て言った。

「人員のリストです。確認していただけますか？」

竜崎はそのリストを手に取った。

地域課、刑事課、生安課から選ばれた人員だ。実行力のある者だけが選ばれた。彼らが実力を発揮してくれれば、実に頼もしいチームになると、竜崎は思った。

そのリストを見ているうちに、これは大森署の精鋭部隊と言えるのではないかと思いはじめた。

「けっこうだ。すぐに送ってくれ」

「はい」

斎藤警務課長が出て行くと、竜崎は伊丹に電話をした。伊丹が出るなり言った。

「何かわかったか？」

「いや、まだ報告はない。指揮本部の件だが、こっちの陣容は俺に任せてくれるな？」

「そりゃ、所轄のことは署長に任せるしかないが……。どういうことだ？」

「俺の署でもストーカー対策チームを編成した。それを中心に動かそうと思う」

「ストーカー対策チームを指揮本部に……？」

「強行犯係プラスそのチームだ。実力のある人員をそろえている」

「そうだな……。まあ、問題ないと思う。こちらはＳＩＴを送り込むつもりだ」

「いつこちらに到着するんだ？」

「一時間以内に行かせる」

竜崎は時計を見た。午後三時四十分だ。早ければ、四時半頃にはやってくるということだ。

「講堂を空けておく」

「頼むぞ」

電話が切れた。

竜崎は、斎藤警務課長に内線電話をかけて、指揮本部の準備を始めるように言った。

「指揮本部ですか。特別なものは必要ですか？」

「無線を多めに用意してくれ」

「了解しました」

「それから、署から参加する人員だが、強行犯係と、ストーカー対策チームにしてくれ」

「ストーカー対策チームには、強行犯係から人を出しています。つまり、その分人数が不足します」

「その分は、刑事課のどこかから補充してくれ」

「わかりました」

これであとは、ただ報告を待つだけだ。いつ何があるかわからないので、外出の用事はキャンセルだ。当面、判押しくらいしかすることがない。

竜崎はふと、今のうちに自宅に電話をしておこうと思った。呼び出し音五回で、妻の冴子が出た。

「事件だ。今日は遅くなると思う。もしかしたら、帰れないかもしれない」

「わかった。着がえとか、届けましょうか？」

「いや、おそらくだいじょうぶだ。必要になるようだったら、また電話する」

「そう」

「美紀のことだが……」

「お付き合いのこと？」

「今回の事件も、ストーカー絡みだ。まさか、忠典君が、そういう犯罪行為に及ぶことはないと思うが……」

冴子は笑った。

「忠典さんも、警察官僚の息子なのよ。それに、ちゃんとした社会人だし……」

「犯罪者の多くは、普通の社会人なんだ」

「そんな心配をすることないわよ」

「心配をしているわけじゃない。可能性の話をしているんだ。美紀に気をつけるように言っておいてくれ」

「自分で言えばいいのに」

「だから、俺は今日は帰れるかどうかわからないと言ってるだろう」

「そうだったわね。わかった。でも、何て言えばいいの？　忠典さんがストーカーで捕まらないように気をつけろとでも言うわけ？」

「冷たく拒否すると、ろくなことにならない。それは、統計上わかっている」

「統計を持ち出さなくても、みんなそれくらいのことはわかってるわ」

「わかっているつもりでいるだけだ。だから、被害にあう人たちがいるんだ」

「わかった。忠典さんを拒否するんじゃなくて、ちゃんと話し合うように言えばいいのね？」

「たぶん、そういうことだと思う。男女交際のことは、よくわからない」

「そうでしょうね。美紀が帰ったら、お父さんからそういう電話があったと伝えておくわ」

「俺からの伝言だなんて、言わなくていい」

「なぜか、お父さんからだ、と言うと、美紀には効き目があるの。昔はそんなにお父さん子じゃなかったのに……。やっぱり、あの子、あなたに似ているのね」

「親子なんだから、似ていても不思議はないだろう」

「最近、ますます似てきたから、結婚できるかどうか心配になってくるわ」

「別に無理に結婚しなくてもいい」

「それは伝えないことにしておくわ。他に何か？」

「いや、ない」

「それじゃあ……」

「ああ」

竜崎は電話を切った。


伊丹が言ったとおり、午後四時半過ぎには、捜査一課の殺人犯捜査係一個班と、ＳＩＴの一個班が到着したという知らせを受けた。

総勢、三十人弱だという。今はまださまざまの段取りの最中だろう。落ち着いた頃に顔を出そうと思っていた。

「なんだ、まだこんなところにいるのか？」

そう言われて顔を上げた。伊丹が署長室の戸口から顔をのぞかせている。

「来たのか……」

「ああ、重要な事案だからな」

「たいして重要でなくても、顔を出すくせに……」

「捜査本部や指揮本部の本部長は俺だ」

「それはたてまえだろう。実質は、管理官あたりが仕切っているはずだ」

「判断を下すのは、俺か捜査一課長だ」

「副本部長は、俺のはずだ。おまえの次に権限を持っているのは、俺だろう」

「それこそ、たてまえだよ。警察署長を副本部長にするのは、場所を借りているから
に過ぎない。捜査や事件対応の判断は、警視庁本部の者がする」

「いや、たてまえじゃない。俺が副本部長としておまえに次ぐ権限を持っていると明
言してもらわないと、大森署を貸すわけにはいかない」

「刑事部長にそんなことを言う署長は、日本中でおまえだけだろうな」

「捜査を円滑に進めるために、必要なことなんだ」

伊丹は苦い表情になった。

「どうせ、好き勝手やるくせに……」

「俺は好き勝手やったことなどない。常に最良の方法を考えているんだ」

「わかったよ。決裁権は、俺、おまえ、捜査一課長の順だ。さあ、行くぞ」

こいつは、わざわざ俺を迎えに来たのだろうか。

竜崎は、そんなことを考えながら席を立った。

講堂の中は、まだざわざわとしていた。捜査員たちが歩き回り、あるいは輪を作って何事か話し合っている。竜崎にとっては、すっかりお馴染みになってしまった雰囲気だった。

一番感度がよさそうな窓際《まどぎわ》に無線機が並べられていた。スチールデスクの島ができている。管理官席だ。情報がそこに集約される。

一般の捜査員用には、細長い折りたたみ式のテーブルをずらりと並べている。捜査員たちはまだ席に着いていない。

伊丹と竜崎が講堂に入ると、誰かが号令をかけ、その場にいた全員が気をつけをした。

伊丹が足早に進んで、ひな壇の席に着いた。その隣が竜崎だ。捜査一課長が伊丹の向こう側にいる。

捜査一課長は、ノンキャリアの田端守雄《たばたもりお》だ。彼は、現場での人望が篤《あつ》い。捜査のことをよくわかっているし、時々べらんめえ調になって親しみを感じさせる。

伊丹が席に着いたのを合図に、捜査員たちも着席した。

管理官が二名来ていた。第二強行犯捜査の管理官とSITの管理官だ。

第二強行犯捜査の管理官は、岩井豊《いわいゆたか》。特殊犯捜査の管理官は、加賀《かが》亮太郎《りょうたろう》だった。

どちらも五十代前半で、経験も気力も申し分ない。

大森署のメンバーは、竜崎が斎藤警務課長に命じたとおりだった。強行犯係の戸高も、少年係の根岸も臨席していた。

伊丹がそっと竜崎に言った。

「あの二人の管理官は、ちょっと折り合いが悪くてな……。まあ、強行犯と特殊犯じゃ、当然捜査のやり方も違ってくるんで、対立することが多いんだが……」

「おまえがうまく仕切ればいいんだ」

「俺は、指揮本部に常駐できるわけじゃない。俺の次に権限を持っているのはおまえだと、つい今しがた確認したばかりじゃないか」

うまいこと押しつけられたな……。

竜崎は、そう感じた。

「折り合いの悪い二人を連れてくることはないだろう」

「巡り合わせだよ。別に俺が選んで連れてきたわけじゃない」

不毛な対立が起きなければいいが……。

竜崎がそう思ったとき、岩井管理官の進行で捜査会議が始まった。

7

まず、殺人についての報告が始まった。初動捜査に関わった大森署強行犯係の小松《こまつ》茂《しげる》係長が報告を始めた。

「被害者は、中島繁晴、三十歳。殺害現場は、遺体が発見された大田区山王一丁目の月極駐車場と思われます。死因は、失血死。刃物で刺されています。凶器は発見されていませんが、鑑識の所見によると、包丁のようなもので刺されたということです。なお、被害者、中島繁晴は、寺川真智子が下松洋平に会いに行くのに同行したということです。現在、寺川真智子、下松洋平、ともに行方がわからなくなっています」

岩井管理官が質問した。

「発見が遅れたのはなぜだ？」

「大きなワゴン車がずっと駐車しており、その陰に倒れていたからです」

「寺川真智子は、下松洋平に連れ去られたと見ていいんだな？」

「はい。寺川真智子は、大森署にストーカー被害の相談をしていたということです」

岩井管理官が、うなずいてから説明した。

「その下松洋平だが、横浜市鶴見区に住む、父親の下松忠司宅から、猟銃を持ち出した恐れがある」

捜査員たちの間に緊張が走るのが見て取れた。

ふと竜崎は、特殊犯捜査の加賀管理官が苛立《いらだ》った様子なのに気づいた。そういえば、SITの捜査員たちがこの場にいない。

竜崎は、伊丹に小声で尋ねた。

「SITはどうした?」

「下松洋平と寺川真智子の行方を追っている。当然だろう」

なるほど、それが特殊班の役割だ。

突然、加賀管理官が言った。

「こんなことをしている場合じゃないだろう」

一同は驚いて彼に注目した。

竜崎も、思わず加賀の顔を見つめていた。

加賀管理官は続けて言った。

「殺人は、すでに起こってしまったことだ。だが、略取・誘拐事件は、現在進行中なんだ。どちらの捜査を優先させるかは、明らかだろう。ここは、捜査本部ではなく、指揮本部のはずだ」

竜崎は、加賀の言うことはもっともだと思った。下松洋平は、猟銃を持っている恐れがある。きわめて危険な状況だった。

加賀に対して岩井が言った。

「その下松が殺人の犯人であることを立証しなければならない」

「どちらが緊急度が高いかという話をしているんだ。状況から判断して、殺人の犯人は下松洋平に間違いないだろう。今は、下松と寺川真智子の行方を追うことが最優先だ」

「だから、その下松が犯人であることを立証する必要があると言っているんじゃないか」

竜崎は、再びそっと伊丹に言った。

「本当に折り合いが悪いらしいな」

「立場が違うからな……」

「こんな言い合いこそ時間の無駄だ。おまえが何とかしろ」

「おまえに任せたいんだが……」

「裁量権のトップはおまえだ。ここにいる限りはおまえが処理すべきだ」

「……で、どうすればいい？」

「自分で考えろ」

「そう言うなよ」

「加賀管理官に分《ぶ》があると思う。緊急度は、現在進行している略取・誘拐事件のほうがずっと高い」

伊丹はうなずいてから、大きな声で発言した。

「ＳＩＴからの連絡は？」

二人の管理官は、はっと伊丹のほうを見た。加賀は、気まずそうな顔をしながらこたえた。

「まだありません」

「こうしている間にも、次の犯罪が起きる可能性がある。最優先すべきは、連れ去られたと思われる寺川真智子の安全確保だ」

岩井管理官は、何か言いたげだったが、相手が刑事部長とあっては反論することなどできない。

伊丹の言葉が続いた。

「会議は終わりだ。この場は指揮本部として、加賀管理官に仕切ってもらう」

結局、捜査会議に要した時間は十分ほどでしかなかった。

岩井管理官の顔が青くなった。おそらく怒りのせいだろう。腹を立てると、顔が赤くなる者と青くなる者の二種類にわかれる。岩井は後者のようだ。

伊丹がさらに言った。

「ただし、殺人も重要事案だ。犯人が下松であることの立証は大切だ。岩井管理官には、引き続き、そちらの指揮を執《と》ってもらう。そのための班を作ってくれ。必要ならば、捜査一課から人員を補充してもいい」

岩井は、表情を弛《ゆる》めてこたえた。

「了解しました」

伊丹は加賀管理官に尋ねた。

「ＳＩＴはどこにいる？」

「略取・誘拐が発生したと思われる大田区山王一丁目から捜査を開始しています」

「ＳＩＴの責任者は？」

「第一係の葛木進《かつらぎすすむ》係長です」

竜崎はかつて、大森署管内で立てこもり事件や国会議員の誘拐事件が起きたときに、ＳＩＴといっしょに前線本部に詰めたことがあった。

あのときの係長ではないかと、一瞬思ったが、別人だった。異動もあるだろうし、特殊班捜査に係長は何人もいるだろうから、同じ係長が来るとは限らない。

伊丹が命じる。

「じゃあ、緊急時にはその葛木係長から直接、竜崎署長に連絡を入れさせろ」

竜崎は驚いて言った。

「指揮本部長はおまえだろう」

「ナンバーツーはおまえだ。自分でそう主張したじゃないか。じゃあ、後は任せた。俺は警視庁本部に引きあげる」

伊丹が立ち上がると、その場にいた全員が起立して気をつけをした。竜崎だけが座っていた。

刑事部長が猛烈に多忙なのはよくわかっている。だからといって、ここで丸投げはないだろうと、竜崎は思っていた。

田端捜査一課長は、ずっと黙ったきりだ。捜査一課長も多忙だ。この指揮本部に常駐することはできないに違いない。

加賀管理官が竜崎に言った。

「では、刑事部長がおっしゃったとおりにさせていただきます」

伊丹の次の裁量権を主張したのは、ほかでもない竜崎自身だ。今さら嫌だとは言えない。それに、報告や命令の系統は単純なほどいい。

竜崎はうなずいた。

「携帯の番号を教えておく。いつでも連絡するように言っておいてくれ。最優先で電話に出る」

「了解しました」

その場の全員の視線が自分に集まっていることに、竜崎は気づいた。

伊丹がいなくなったので、この場の責任者は竜崎ということになったのだ。彼らは、次の指示を待っている。

竜崎は田端課長に言った。

「殺人のほうの指揮をお願いします。私と加賀管理官は、略取・誘拐のほうを追います」

田端課長が言った。

「了解しました」

竜崎は、加賀管理官に命じた。

「ＳＩＴの葛木係長に、状況を訊《き》いてみてくれ」

「はい」

加賀管理官は、すぐに固定電話を使って連絡を取った。

それから、竜崎は岩井管理官に言った。

「大森署のストーカー対策チームのメンバーは、加賀管理官の指揮下に入ってもらう。それ以外の強行犯は、君の指揮下だ。捜査一課の係員は、君の判断で振り分けてくれ」

岩井管理官の顔から不満げな表情が消えていた。彼は、すぐに捜査一課の係長と相談をして、二つの班に分ける作業にかかった。

加賀管理官が、席を立ち、竜崎の前にやってきた。

「下松洋平と寺川真智子の行方はまだ不明ですが、神奈川県警から情報が入ったそうです。下松洋平は、猟銃とともに、十二ゲージのショットガンのシェルを十二発所持している模様です」

「ショットガンの弾を十二発……」

竜崎は、それが使用されたときの被害の大きさを思いやった。

近距離での散弾銃の威力は絶大だ。手足などは切断されてしまうと言われている。

また離れていてもなかなか面倒な銃だ。散弾のパターンは、離れれば離れるほど広がるので、広範囲にダメージを与えることになる。

その散弾を十二発も持っているという。下松洋平に、それを使わせるわけにはいかない。

竜崎は、加賀管理官に言った。

「わかった。なんとか、下松が発砲する前に身柄を押さえたい」

「はい」

「前線本部は、どこにあるんだ？」

「現在は、寺川真智子の自宅の近くに移動しました。ＳＩＴのマイクロバスが本部になっています。寺川真智子の自宅と、下松洋平の自宅付近にも、捜査員が詰めています」

殺人現場から移動したということだ。

略取・誘拐事件ならば、被害者の自宅が拠点となるのは当然のことだ。犯人から連絡があるかもしれない。

ＳＩＴの対応にはぬかりはないと竜崎は思った。

「犯人の逃走経路についての情報は？」

「下松は車を所持していました。中島繁晴殺害の現場となった駐車場と契約して、車を駐《と》めていたようです。殺害後、その車で逃走したと思われます。そのナンバーをNシステムにかけるよう手配しております」

「その結果はいつわかるんだ？」

「ヒットし次第すぐに……」

「わかった。君にあずけた大森署の署員たちは、ストーカー対策チームとして厳選したメンバーだ。優秀な人材だから安心して使ってくれ」

「はい。捜査一課の捜査員とともに、前線本部に行ってもらうことにします」

竜崎はうなずいた。

「それから、私に報告するのに、いちいち席を立つことはない。席から声をかけてくれればいい」

加賀管理官は、複雑な表情になった。

「でも、それでは……」

「時間と労力の無駄だ。君は、管理官席で、でんと構えていてくれ」

「わかりました」

彼はそう言ったが、どうしていいかわからないような顔をしていた。竜崎は、それ以上何も言わないことにした。言うべきことは言った。どうするかは、向こうの自由だ。

加賀管理官が席に戻り、捜査員たちは次々と指揮本部を出て行く。

連絡係が行き交い、管理官が大声で指示を飛ばす。無線のやり取りが急に増え始めた。

指揮本部が本格的に動きはじめた実感があった。これからしばらく、指揮官にできるのは、待つことだけだ。

竜崎は、田端捜査一課長に言った。

「私は、当面は署長室にいます。何かあったら連絡をください」

「わかりました。ただ、私も本部庁舎に戻らなければなりません。二人の管理官に、そう伝えましょう」

竜崎は、席を立った。

その瞬間、部屋に残っていた全員が起立した。

幹部のことを気にしているときではないだろう。竜崎はそう思った。だが、それが警察なのだ。何も言わずに、指揮本部が置かれている講堂をあとにした。

署長室に戻り、しばらく判押しを続けた。指揮本部からは知らせはなかった。

内線電話がかかり、出ると斎藤警務課長が言った。

「弓削方面本部長からお電話です」

時計を見た。五時十五分だ。竜崎は、点滅しているボタンを押した。

「竜崎です」

「ストーカー対策チームの人選が、ついいましがた、私の手もとに届きました」

「それをわざわざ知らせるために、お電話をくださったのですか？」

「当初の約束どおり、今日中に人選が届きました。退庁時間ぎりぎりでしたがね」

「お急ぎのようでしたので、早めにお送りしました。定時でお帰りになるご予定だったのでしょうか？」

「いやいや、なかなかそうはいきません。例の夜回りをしている女性警察官というのは、このリストにある根岸紅美ですね？」

「そうです」

「興味深い人物です。一度会ってみたい」

方面本部長が、ただの係員に何の用があるのだろうか。まさか、女性警官なので興味を持ったわけではあるまいな……。

竜崎は、そんなことを思いながらこたえた。

「ご興味がおありなら、いずれそちらにうかがわせます。ですが、今は無理です」

「ほう、無理。なぜです？」

「ストーカー対策チームには、さっそく働いてもらっていますので……。略取・誘拐事件の指揮本部に参加させました」

「略取・誘拐事件の指揮本部……。大森署にできたのですね？」

「はい。刑事部長も臨席していました」

「幼馴染《おさななじ》みの伊丹さんですね？」

竜崎は、この質問にこたえなかった。

指揮本部と、伊丹が幼馴染みであることは、何の関係もない。

竜崎が黙っていると、弓削方面本部長が質問してきた。

「その後、その件はどうなりました？」

「犯人、被害者ともに行方がわかっていません。犯人が所有する車で逃走したと思われておりますが、まだ、Nシステムでもヒットしていないようです。なお、犯人は、猟銃と散弾十二発を所持している模様です」

「猟銃と散弾……」

「ご存じありませんでしたか」

「そこまでは聞いていなかった」

「そうですか」

野間崎管理官は、すでに知っているはずだ。情報が上がっていないのだ。野間崎は、何を考えているのだろう。

「山王二丁目で殺人がありましたね？」

「はい」

「略取・誘拐事件と関係があるのでしょう？」

「殺人の被害者は、連れ去られた女性の交際相手だそうです」

「犯人は、ストーカーだったとも聞きました」

そういうことだけは、ちゃんと耳に入るのだな、と竜崎は思った。

「はい。略取・誘拐の被害者である寺川真智子は、大森署にストーカー被害についての相談をしていました」

「面倒なことになりましたね……」

伊丹と同じようなことを言う、と竜崎は思った。

おそらくマスコミのことを憂慮しているのだろう。

なぜ、みんな考えなくてもいいことを考えてしまうのだろうと、竜崎は不思議に思った。警察がマスコミに対して考えなければならないのは、捜査情報を絶対に洩《も》らさないということだけだ。

あとは、好き勝手に書かせておけばいい。

最優先で考えるべきは、犯人の行方であり、どうしたら、それを解明できるか、ということだろう。

みんな余計なことを考え過ぎて、自分で自分を縛ってしまう。やることと考えることを自分で増やしているだけだ。

なぜそんなばかばかしいことをするのか、竜崎は不思議でしかたがなかった。

「とにかく、一刻も早く犯人の所在を確認することが重要です」

竜崎は言った。「そのために、私は指揮本部に詰めなければなりません。お急ぎの用がなければ、これで失礼します」

嘘《うそ》をついた。署長室で判押しをしているだけなのだ。

「わかりました。方面本部でも対応しなければならないことがあると思います。何でも言ってください」

「はい」

一瞬の間。

弓削はまた、竜崎が礼でも言うものと思っていたのかもしれない。署の管轄《かんかつ》を越える対応は、方面本部の当然の役割だ。それに礼を言う必要などない。

「刑事部長がおられるのなら、私もそちらに顔を出しましょうか？」

迷惑な話だ。

「残念ながら、部長はすでに本部庁舎に戻りました」

「そうですか。では、早期の解決を期待しています」

「心得ました」

電話が切れた。

弓削はいったい何のために電話してきたのだろう。首をひねりながら受話器を置いた。

そのとき、携帯電話が振動した。

「はい、竜崎」

「加賀です。Nシステムがヒットしました」

「下松は、どこに向かったんだ？」

「池上通りから環七に出て、さらに第一京浜で神奈川方面に向かったことがわかっています」

「神奈川か……。父親が横浜に住んでいたな」

「ええ、そこから猟銃を持ち出したようですので……」

「そちらに捜査員は？」

「今急行しています。神奈川県警にも連絡を取りました」

「わかった。今そちらに行く」

「お願いします」

竜崎は携帯電話を背広のポケットにしまうと、講堂に向かった。

下松は父親のもとに向かうだろうか。竜崎は考えた。

いや、猟銃を持ち出したのだ。父親に会いに行くとは思えない。そのまま神奈川を越え、はるか遠くに高飛びしてしまうと面倒だ。

指揮本部にやってくると、加賀管理官と捜査員が怪訝《けげん》な顔をしていた。妙な雰囲気だった。竜崎は思わず尋ねた。

「どうした？　何かあったのか？」

加賀管理官がこたえた。

「Nシステムで、新たなヒットがあったのですが……」

「それで？」

「池上通りなんです。現場となった山王一丁目からそれほど離れていません」

「どういうことなんだ？　下松の車は第一京浜を神奈川方面に向かっていたんだろう？」

「Nシステムの誤作動かもしれません。とにかく、詳しいことはまだ……」

なるほど、加賀管理官が怪訝な顔をしていたのもわかる。一度、神奈川方面に向かった車のナンバーが、再び現場の近くで見つかるというのはどういうことなのだろう。

俺もおそらくさきほどの加賀と同じような顔をしているのだろうな……。竜崎はそう思った。

8

「不可解な動きには、必ず何か理由があるはずだ」

竜崎は、気を取り直して、加賀管理官に言った。「Nシステムの誤作動の可能性も視野に入れて、分析をしてみてくれ」

「了解しました」

加賀管理官は、すぐに指揮本部に残っていた捜査員たちと検討を始めた。指揮本部に詰めているのは、いずれもベテラン捜査員で、信頼できるはずだと、竜崎は思った。

すでに、加賀管理官は、車両の奇妙な動きに戸惑ってなどいなかった。やるべきことを与えてやるのが指揮官の役割だ。

その加賀管理官のもとに、下松洋平の父親、忠司の自宅に向かった捜査員から報告が入った。

電話を受けた連絡係の声が聞こえてくる。

「下松洋平は、父親の自宅には姿を見せていないようです」

加賀管理官が、立ち上がり、竜崎のもとにやってこようとする。

竜崎は言った。

「いちいち来なくていいと言っただろう。報告は聞こえた」

「はい……」

加賀管理官は、席で立ったままだった。中途半端《はんぱ》な状態だ。竜崎は質問した。

「父親の自宅に姿を見せていないということだが、それは、猟銃を入手した後には訪ねていない、という意味なんだな？」

「そうです」

加賀管理官は、まだ立っていた。「下松洋平は、間違いなく、父親、忠司の自宅から猟銃を持ち出しています」

竜崎は、ひな壇を離れて、管理官席に向かった。加賀管理官や、その場にいたベテラン捜査員たちが、怪訝な顔で竜崎を見ている。

竜崎は言った。

「あそこの席では、話が遠い。ここに、私の席を用意してくれ」

加賀管理官が驚いた顔で言った。

「いえ、署長はあちらの席にいらしてください。ここでは、ちょっと……」

「何か不都合があるのか？」

「不都合というか、幹部の方は、しかるべき席にいらっしゃらないと……」

「私の指揮下にあるときは、そんなことは気にしなくていい。席を用意してくれ」

管理官席は、スチールデスクを集めた島だ。捜査員の一人が慌《あわ》てて席を空けた。竜崎は、そこを自分の席とすることに決めた。

腰を下ろすと言った。

「みんなも座ってくれ。それで、一度神奈川方面に向かっていた被疑者の車のナンバーが、再び事件現場付近でヒットしたというのは、どういうことなんだ？」

加賀管理官が、捜査員たちを見回して席に着いた。それを見て、ベテラン捜査員たちも椅子《いす》に腰を下ろす。

竜崎に席を奪われた捜査員は、パイプ椅子を持ってきて、近くに座った。

「Nシステムの誤作動ということは、考えにくいと思います」

加賀管理官が竜崎に言った。「信頼性の高いシステムですから……」

「だとしたら、いったん犯行現場を離れた犯人が、また現場近くに戻って来たということか？」

「そういうことだと思います」

「理由は何だ？」

「わかりません」

「神奈川方面に逃走したというのは、犯人の行動としては納得ができる。途中には羽田空港もあるので、航空機で逃走しようと考えるのは不自然ではないし、そのまま車でできるだけ遠くに逃げようと考えたとしても理解できる。だが、引っ返してくる理由は思いつかない」

加賀管理官がうなずいた。

「おっしゃるとおりです。我々もそう考えました。ただ、犯人の行動には必ず理由があるはずです」

「なんとかそれを突き止めるんだ。その後、Nシステムのヒットは？」

「池上通りが最後です」

「移動していれば、どこかでヒットするはずだな？」

「Nシステムは、リアルタイムで車両の行方がわかるわけではありません。あくまでもナンバーのデータベースですので……。しかし、おっしゃるとおり、ある程度の即応性はあります」

「つまり、現在、犯人の車両は犯行現場近くにあると考えていいんだな？」

「移動していれば、新たにヒットするはずなので、もしかしたら、どこかに停車しているのかもしれません」

竜崎はうなずいた。

「では、所要の措置を取れ」

指揮官が言うのは、それだけでいいと、かつて貝沼《かいぬま》副署長に教わったことがある。竜崎が大森署に赴任して間もない頃のことだ。

「所要の措置を取れ」の一言で、現場は動くものだ、と……。

加賀管理官は、すでにやるべきことを現場に指示しているはずだ。捜査員たちは今、犯人の車両の発見に全力を上げているだろう。竜崎が、余計なことを言う必要はない。

どうして、犯人は現場近くに戻って来たのか……。

竜崎は、それを考えることにした。加賀管理官が言ったとおり、何か理由があるはずだ。その理由とは何だろう。

犯罪者は現場に戻るものだと言われるが、この場合、それは当てはまらないように思える。犯人は、人質を連れているのだ。

何かを取りに来たのだろうか。現場に、何か重要な手がかりを残してきたことに気づき、それを回収しに戻った可能性はないだろうか……。

いや、それもない。竜崎は、自分の仮説を否定した。

すでに被疑者の身元は割れている。犯人もそれを自覚しているはずだ。今さら、手がかりになるようなものを回収する必要はないはずだ。

では、何かを確認するために戻ってきたのだろうか。だとしたら、いったい、何を確認しに来たのか。

なかなか合理的な説明が思いつかなかった。こういう場合は捜査が難航することが多い。警察には、膨大な過去の犯罪の記録が蓄積されている。そして、警察官個人の経験も蓄積される。

そうしたデータや経験値によって、犯人の行動は、ほぼ予想がつくのだ。パターン化された行動を取ることで、被疑者は逮捕される。

だが、パターンから外れた行動を取る被疑者には手こずることが多い。だから、計画的な犯罪の犯人は、意外と逮捕しやすく、行き当たりばったりの犯人ほど逮捕が難しいとも言えるのだ。

今回の場合はどうだろう。

事前に父親の猟銃を入手していたことを考えると、計画的な犯行だと考えることができる。だが、いったん神奈川方面に逃走したと見られていたにもかかわらず、再び事件現場の近くに戻って来たらしいという。

その行動に計画性は見て取れない。

竜崎が考え込んでいると、加賀管理官が言った。

「これは、ある捜査員が言ったことなんですが……。もしかしたら、別の人間が乗っているんじゃないかと……」

「どういうことだ？」

「犯人は人質を連れて、神奈川方面に逃走。どこかで車を下りて、さらに逃走を続けているのかもしれません。そして、別の人間がその車に乗って、現場近くに戻って来たと……」

竜崎は、その可能性について考えてみた。

「それはあり得ないことではない。だが、もしそうだとしたら、誰が何の目的で現場近くに戻って来たんだ？」

「わかりません。しかし、現場は被疑者である下松洋平の自宅のそばでもありますし、彼はそのあたりで生まれ育っていますから、知り合いも多いでしょうし、いろいろなことが考えられます」

「協力者がいるということか？」

「それもあり得なくはないかと……」

竜崎は、考えた。

いったん神奈川方面に向かっておきながら、現場付近に引き返したのは、あくまでも下松洋平が所有している車両だ。加賀が言うとおり、下松本人が引き返してきたとは限らない。別の人間が車を運転していた可能性はある。

「とにかく、車両を発見することだ」

竜崎は言った。「憶測で何かを言い合っていても仕方がない」

「はい」

加賀管理官が言った。「それから、これは殺人捜査班の岩井管理官が言っていたんですが……」

「何だ？」

「犯人は、どうして刃物で被害者を刺したんだろうと……」

「その場合の被害者というのは、殺人の被害者である中島繁晴のことだな？」

「そうです」

わざわざ質問するほどのことではないが、確認しておかなければならない。殺人捜査班で被害者と言う場合は中島繁晴を指し、略取・誘拐対策班が被害者と言えば、寺川真智子のことになる。

「岩井管理官は、なぜそんな疑問を……」

竜崎が尋ねると、加賀管理官が言った。

「直接、お尋ねになってはいかがですか？」

岩井管理官は、管理官席を離れて、別の机の島を作り、そちらに移動していた。加賀がいる管理官席からは離れている。

情報が錯綜《さくそう》しないように、との気づかいとも取れるが、加賀と岩井の心の距離を物語っているとも言える。

竜崎は、立ち上がり、岩井がいる机の島に近づいた。

「犯人が刃物を使ったことについて、疑問があるそうだな？」

竜崎がそう言うと、岩井が顔を上げた。そして、慌てて立ち上がった。

「いちいち、立たなくていい」

「いえ、そういうわけには……」

「質問にこたえてくれ。何が疑問なんだ？」

「被疑者が刃物を使った件ですね？」

「そうだ」

「被疑者が被害者に会ったときにはすでに、被疑者は猟銃を所持していたはずです」

「なるほど、なぜ猟銃ではなく、刃物を使ったのか、ということか……」

「はい。銃を持っているのに、わざわざ刃物を使ったのです」

「場所が問題だったのではないか？　現場は住宅街の中の駐車場だ。そんな場所で猟銃を発砲したら、たちまち大騒ぎになるだろう。犯人は、それを避けたかったのかもしれない」

「それも考えました。しかし、だとしたら、どうして犯人は、あらかじめ猟銃を入手していたのでしょう」

それは考えたことがなかった。

「寺川真智子を脅すためだろう」

「銃で脅して、言うことを聞かせるためですね」

「そう考えるのが妥当だと思う」

「だとしたら、寺川真智子が会いに来るときに、猟銃を手にしていなければ意味がありません」

「駐車場で会ったということは、そこに猟銃があったということだろうな」

岩井管理官がうなずいた。

「私もそう思います。自宅ではなく、駐車場に寺川真智子を呼び出したわけですから、おそらく猟銃は、駐車場に停めてある車に積んであったのでしょう」

「寺川真智子が一人で来ると思っていたのに、中島繁晴がいっしょだった。下松洋平は、うろたえ、なおかつ怒りに駆られて、咄嗟《とっさ》に刃物を使ったのではないか？」

岩井は、首を捻《ひね》った。

「どうも、しっくりこないのです」

「しっくりこない……？」

「二人に会ったとき、下松洋平は猟銃を手にしていたはずです。でなければ、父親の自宅から猟銃を持ち出した意味がありません。署長がおっしゃるとおり、彼はうろたえ、怒りに駆られていたかもしれません。だからこそ、わざわざ猟銃から刃物に持ち替えて中島繁晴を刺したということに違和感を覚えるのです」

岩井が言うことも理解できる。だが、実際に被害者は、刃物で刺されて死んでいるのだ。

「猟銃を車から取り出す前に、寺川と中島の二人が来てしまったのではないか？」

竜崎がそう言うと、岩井はかぶりを振った。

「いつ二人が来ようと関係ありません。下松は、いつでも車から猟銃を取り出せたはずです」

竜崎は、頭の中で犯行をシミュレーションしてみた。たしかに、岩井が言うとおり、話をしている最中でも、車から猟銃を取り出すことはできる。

「君が言うとおり、猟銃はいつでも取り出せたかもしれない」

「それに、猟銃を用意していたのに、わざわざ刃物も用意するでしょうか……」

「狩猟にはナイフが必需品だろう。猟銃の近くにナイフが置いてあり、下松はそれもいっしょに持って来ていたのかもしれない」

岩井管理官は、ちょっと困ったような顔になって言った。

「たしかに、狩猟をする人は、ハンティングナイフを持っているでしょうが……」

竜崎は、岩井管理官の表情を読み取り、言った。

「ナイフがいっしょに置いてあったという事実は確認されていないんだな？　憶測でものを言って済まなかった」

岩井は驚いた顔になって言った。

「いえ、そんな……。凶器はまだ発見されていないので、何とも言えませんが、刃渡りの長い刃物だということなので、署長がご指摘になったように、ハンティングに使用するナイフである可能性はおおいにあります」

「これ以上私が余計なことを言うと、捜査を混乱させる恐れがある。疑問に思うことがあったら、徹底的に調べてくれ」

「了解しました」

竜崎は、加賀のいる管理官席に戻ろうとした。

「あの……」

岩井管理官が声をかけてきたので、竜崎は立ち止まり、振り返った。

「何だ？」

「殺人の捜査は、私の方針どおりに進めてよろしいのですね？」

「君が指揮を執ってくれ。ただし、指揮本部長である刑事部長に、捜査状況をこまめに報告するように。刑事部長が不在の場合は、私に報告してくれ」

「了解しました」

彼はおそらく、略取・誘拐のほうが殺人捜査よりも優先されているような気分になっているのだろう。

竜崎は言った。

「殺人の捜査が重要なことは言うまでもない。そちらの捜査の進展次第で、略取・誘拐のほうの解決の糸口がつかめるかもしれない。頼むぞ」

岩井の眼に力が宿った。

「はい」

竜崎は、管理官席に戻った。

すぐに加賀が言った。

「下松の車両が発見されました」

「場所は？」

「池上通りに路上駐車されていました」

「それで、下松と寺川真智子は……？」

「車両を発見したときには、すでに姿がなかったそうです」

「誰が車を運転していたかわからないんだな？」

「不明です」

「車両の発見現場には誰がいる？」

「大森署の捜査員が仕切っているようです。ストーカー対策チームの一員らしいです」

「名前はわかるか？」

「戸高です」

竜崎は、携帯電話を取り出して、戸高にかけた。

「はい、戸高……」

いつもの不機嫌そうな声が聞こえてくる。電話の相手が署長であっても変わらない。彼はそれで損をすることもあるだろうが、竜崎は長所だと思っていた。

「竜崎だ」

「わかってますよ。何です？」

「発見した車両の様子を、詳しく教えてくれ」

「池上通りの山王口交差点付近で、上《のぼ》り方向を向いて路上駐車されていました。発見されたときには、すでに車内に人はいませんでした。運転席と助手席に、血痕《けっこん》が付着していましたが、おそらく殺人の被害者の血ではないかと思います。今、鑑識が来て作業中です」

「殺人の犯人は、返り血を浴びていたということだな？」

「そういうことでしょうね」

「凶器は？」

「車内にはありませんでした」

「車の周囲に防犯カメラはあるか？」

「残念ながら、なかったですね」

「目撃情報は？」

「今、当たってます」

まだ、何もわからないということだ。目撃情報に期待するしかない。

「何かわかったら、すぐに知らせてくれ」

「言われなくても、そうします」

署長相手にこんな返事をする捜査員も珍しい。だが、腹は立たない。それが不思議だった。

「連絡を待っている」

竜崎は電話を切った。

加賀管理官が尋ねた。

「戸高という捜査員に電話されたのですね？」

「そうだ。なかなか頼りになるやつだ」

「何かわかりましたか？」

「付近に防犯カメラはないということだ。今、聞き込みの最中のようだ」

加賀管理官が表情を曇らせて言った。

「もし、下松が寺川真智子を連れて戻って来たのだとしたら、ちょっと嫌な展開ですね……」

「なぜだ？」

「誘拐犯の心理の問題です。遠くに逃げるのは、生き延びようという意思の表れです。その場合、人質の生存の時間も長くなるでしょう。しかし……」

「しかし……？」

「生まれ育った地元に戻ってきたというのは、何か危険な気がします」

就
「どう危険だというんだ？」

「はっきり申します。下松は寺川真智子との死に場所を求めて、地元に戻ってきた、ということも考えられます」

去
「死に場所……」

竜崎は、思わずつぶやいていた。

9

午後七時過ぎに、捜査員たちが戻って来はじめた。

戸高や根岸の姿も見えた。

竜崎は、根岸を席に呼んだ。根岸は一度、正面のひな壇に向かい、そこに竜崎の姿がないことに気づいて、周囲を見回した。ようやく竜崎が管理官席にいるのを見つけてやってきた。

「こちらにいらしたんですか……」

「今後は、ここにいることが多いと思う」

「ご用でしょうか」

「寺川真智子が、署に下松からのストーカー被害の相談をしていたそうだが、もう一度詳しく事情を調べてくれ」

「了解しました」

「突然、指揮本部に呼ばれて、夜回りの引き継ぎもままならなくなったな」

根岸は一瞬、戸惑った様子を見せた。

竜崎は尋ねた。

「どうした？　何か言いたいことがあるのか？」

「今日も、夜回りをやろうと思っています」

竜崎は驚いた。

「夜回りの代替案を出してもらったじゃないか。君に過剰な負担がかからないようにするために、考えてもらったことだ」

「それはわかっています」

「この指揮本部での捜査は、ストーカー対策チームとしての初仕事だ。私としては、それに専念してほしい」

「署長が言われたとおり、引き継ぎもまだ終わっていないのです。ボランティアの方たちに、まだ、必要な指示もしていませんし、心得やノウハウを伝えていません。このまま、街をさまよう若者たちを放り出すわけにはいきません」

「言いたいことはわかるが、指揮本部にも事情がある。夜回りを。ペンディングにできないのか？」

「いい加減な対応をするわけにはいかないんです。今この瞬間にも、危ない目にあっている子や、自殺を考えている子が街にいるかもしれないんです」

「だが、指揮本部の捜査をおろそかにしてもらっては困る」

「おろそかにはしません」

「それでは、君の体力がもたない」

「だいじょうぶです」

「本人の、『だいじょうぶ』ほど当てにならないものはない。君に夜回りの代替案を考えてもらったのは、ストーカー対策チームでの働きに期待したからであり、この指揮本部はチームの初仕事なのだ。それなのに、夜回りを続けるというのは、私に対する裏切り行為でもある」

「署長のご期待を裏切るつもりはありません」

「つもりはなくても、そういう結果になることがある」

言いながら竜崎は考えていた。根岸が言うことにも一理ある。

彼女は、やるべきことをできずに、指揮本部に呼ばれてしまった。本来なら、ボランティアと緊密な連絡を取り合った後に、夜回りから離れるべきだ。

ボランティアたちとの話し合いがまだできていない。その状態で夜回りを止《や》めるべきではないのだ。

根岸が黙っているので、竜崎は言った。

「もともと夜回りは、私が指示したことではない。生安課長や係長からの命令でもないだろう。君自身の判断で始めたことだ。君は、それを、私の指示より優先させようとしている。私を納得させるには、合理的な説明が必要だ」

根岸はしばらく考えていたが、やがて竜崎の眼を見つめて言った。

「困っていたり、危機に瀕《ひん》している少年少女を、私は放っておくことができないのです。それが理由です」

「それが合理的なこたえと言えるだろうか」

「私にとっては、これ以上理にかなったこたえはありません」

竜崎は考え込んだ。

たしかに、根岸にとっては理にかなっているかもしれない。だが、警察の機構全体で考えたときに、とても合理的とは言えない。

だが、警察機構のことばかりを考えるのもまた、真の合理性とは言えないのも確かだ。

企業の合理化というのは、経営者のための合理化だ。被雇用者にとってはとても合理的とは言えない措置だ。

同様に、警察機構にとって合理的なことが、困っている少年少女にとって合理的とは言えない。

根岸は、少年少女の側に立っている。今、一般市民が警察に求めているのは、まさに、根岸のような姿勢なのではないか。

それは、一つの合理性だ。

竜崎は、そう結論を出した。

「夜回りは、いつまで続けるつもりだ？」

「ボランティアへの引き継ぎが終わるまで、続けるべきだと思います」

「わかった。早急にその引き継ぎをできるように段取りを組ませる」

「今日は、夜回りに出てよろしいですね？」

「いいだろう。だが、くれぐれも無理をしないように」

「はい」

「それから、寺川真智子のストーカー相談の件を頼む」

「了解しました。至急担当者に問い合わせてみます」

根岸は管理官席を離れていった。その後ろ姿を見ながら、竜崎は思った。良きにつけ悪《あ》しきにつけ、若さというものは認めるべきだろう。

竜崎は固定電話の受話器を取り、内線で生活安全課にかけた。

「竜崎だ。笹岡課長は、まだいるか？」

「すいません。もう出たようです」

午後八時になろうとしている。帰宅してもおかしくはない。捜査本部や指揮本部にいるとつい、時間の感覚がなくなってしまう。

相手の係員が言った。

「署長に電話するように申しましょうか？」

「いや、携帯にかけてみる」

いつ来るかわからない電話を待っているより、そのほうがいい。

竜崎は受話器を戻すと、携帯電話を取り出し、笹岡生安課長にかけた。

呼び出し音五回で出た。

「はい、笹岡です。署長、何かありましたか？」

「急ぎの用じゃないんだ。根岸の夜回りの件だ」

「それはケリがついたと思っていましたが……。まだ、何か……？」

「今日も夜回りに出ると言っている」

短い間があった。

「私から、止めるように言いましょう」

「いや、いい。私は彼女の言い分に納得した。ただ、早いところボランティアに引き継がないと、彼女がもたない」

「わかっています」

「だから、ボランティアへの引き継ぎを早急にやってほしい」

「了解しました。しかし……」

「何だ？」

「引き継ぎとなると、根岸本人も出席する必要がありますね」

「当然だな」

「今、指揮本部に参加しているんですよね。捜査を抜けられますか？」

「それは何とかする」

「わかりました。すぐに段取りを始めます」

「よろしく頼む」

竜崎は電話を切った。

それから、捜査員たちの様子を見ながら、何をすべきかしばらく考えていた。ある者は資料やノートパソコンを見つめている。ある者は、誰かと真剣な表情で何事か話し合っている。

戸高は、むっつりとした表情で座っていた。竜崎は、連絡係に戸高を呼ぶように言った。

しばらくして、戸高は、座っていたときと同じ表情のままやってきた。

「何すか？」

「下松の車を見つけたのは、おまえたちだな？」

「ええ。聞き込みで歩いていたら、たまたま……」

戸高は、妙なツキを持っている。それは優秀な刑事の条件の一つだろうと、竜崎は考えていた。

「何か特に気づいたことはないか？」

「そういうことは、鑑識に訊《き》いてください」

「捜査員の印象を聞きたいんだ」

「印象ですか……」

「そうだ。データや物証も重要だが、捜査においては刑事の心証がさらに重要だと、俺は思っている」

「署長は、捜査経験はそれほどないはずですよね」

「経験の問題じゃない。何を重視すべきかということだ」

戸高は、かすかに笑みを浮かべて言った。

「妙だと思いましたよ」

「どういうふうに？」

「うまく説明はできませんよ。印象を聞きたいと言われたからこたえたんです。とにかく、妙な感じでしたよ。上り車線にぽつんと駐車している感じでした」

「他に駐車している車はなかったのか？」

「ありましたよ。でも、なぜかその車は眼についたんです」

「なぜだかわかるか？」

戸高は肩をすくめた。

「さあ……。自分にもわかりませんね」

「あらかじめ、車種や色を聞かされていたからじゃないのか？」

「実を言うとですね、車種や特徴をすっかり忘れていたんですよ。後で、確認を取りました」

「忘れていた……？」

「ええ、そうです」

戸高らしい。車種や特徴をしっかり頭に刻み込んだ捜査員たちが、必死で探しても見つからなかった車を、彼は「たまたま」見つけてしまうのだ。

「おまえは忘れていたと思っても、潜在意識に情報が残っていたのかもしれない」

「潜在意識とか、そういう話はよくわかりません」

優秀な捜査員は、間違いなく顕在意識だけでなく潜在意識をも活用していると、竜崎は思っている。だが、そういう連中ほど、能力開発などといった類《たぐい》の話には無頓着《むとんちゃく》な傾向がある気がしていた。

就

「とにかく、その車のことが気になったというわけだな?」

「そうです」

「それで、近づいてみたのか?」

去

「ええ。近づいて、中をのぞいてみました。そうしたら、シートの血痕が見えたんです」

「なるほど……」

「犯人が乗り捨てた車だとわかったとき、さらに妙な感じがしました」

「なぜだ?」

「俺が犯人なら、もっと目立たない場所に乗り捨てますね」

「車が乗り捨てられていたのは、池上通りの路上だな?」

「そうです。比較的交通量の多い道路だし、人目につきやすい場所です」

竜崎は、戸高の言葉について考えてみた。

「どうして犯人が、そんなところに車を乗り捨てたんだと思う?」

戸高はまた、肩をすくめた。

「見当もつきませんね。だいたい、今回の犯人は妙なやつですよね」

「妙なやつ……?」

「ええ。ストーカーだったんですよね」

「略取・誘拐の被害者、寺川真智子が、大森署にストーカーの相談をしていた」

「その相手が、下松なわけでしょう?」

「そうだと思う。今、改めて確認を取らせているところだ」

「そして、下松は寺川真智子と連絡を取り合って会うことになったんですよね」

「そうだな」

「そういう場合、下松のほうから寺川の自宅か自宅近くに行くんじゃないですかね」

「一概にそうとは言えないだろう」

戸高はかぶりを振った。

「自分がストーカーになったと思ってください」

「そういうことは、想像しにくいな」

そう言いながら、誰にでもその可能性はあると思っていた。竜崎自身にも……。

かつて、女性の部下に対して感情が揺れ動いた経験がある。感情というのは御《ぎょ》しがたいものだということを、そのとき嫌というほど思い知った。一歩間違えれば、誰でもストーカーやその他の犯罪者になる可能性を秘めているのだ。

戸高が言った。

「とにかく、想像してください。一方的に思いを寄せている相手と連絡を取って会うことになるわけです。そのときに、自宅に呼びつけますか？　呼んでも相手が来るとは限らない。そういう場合、自分から相手のもとに押しかけたくなるのが、人情ってもんでしょう」

「人情のことは、よくわからん」

「そうですか。じゃあ、署長が得意な合理性で考えてください。ストーカーになるくらいに思いが募っているんですよ。来るか来ないかわからない相手を待つより、自分のほうから出かけて行ったほうが合理的でしょう」

竜崎は考え込んだ。

たしかに、戸高の言うとおりかもしれない。

「だが、実際には、寺川のほうから下松の自宅近くを訪ねている……」

「だから、妙だと言ったんです」

「そこに何か理由があるかもしれない」

「それに、殺人捜査班のやつらが言ってたことも妙だと思いますね」

「猟銃を持っていたのに、刃物で中島を殺害したことだな」

「そうです」

「猟銃はあくまでも脅しのためだったのかもしれない」

「脅しなら、ナイフなんかの刃物でも充分ですよ。大仰に猟銃を持ち出す必要はありません。そして、猟銃を突きつけておきながら、わざわざナイフに持ち替えて刺すという行為に、何か不自然さを感じます」

岩井管理官から聞いたときよりも、戸高から聞いたほうが、現実味を覚えた。

「たしかに、銃を持っていながら、刃物に持ち替えて相手を刺すというのは、状況としては考えにくいな……」

「まあ、それは殺人捜査班が考えることですけどね……」

「おまえも知恵を貸してやったらどうだ？」

「捜査一課の連中が来てるんですよ。そんな必要、ないでしょう」

皮肉な口調だったが、これはいつものことだ。

「まあいい。一つおまえに頼みがある」

「何でしょう」

「根岸のことだ」

「生安課の？」

「そうだ。おまえと同じくストーカー対策チームの一員となった」

戸高は渋い表情になった。

「警察庁の肝煎《きもいり》か何か知りませんがね、そんなチームを作ったところで、効果はありませんよ」

「そういうことを俺に言っても無駄だ。とにかくチームを編成しなければならなかったんだ。そして、チームを作ったからには実績を残したいと、俺は考えている」

「それで、根岸がどうしたんです」

「彼女は、夜回りをして少年たちを守る活動を続けているそうだ」

「それは知っています。防犯に役立っていると思いますよ」

「おまえは、その活動を評価しているのか？」

「してますよ。自分でやりたいとは思いませんけどね」

「夜回りをボランティアに引き継ぐという条件で、根岸をストーカー対策チームに引っぱった。それで、彼女はこの指揮本部にも参加しているわけだ」

「知ってます」

「だが、ボランティアへの引き継ぎがまだできていない。だから、彼女は今夜も夜回りに出かけると言っている」

「やりたいというのなら、やらせればいいじゃないですか」

「彼女の体力が心配だし、そんな無茶をしていたら、指揮本部の捜査に支障が出るだろう」

「俺に何をやれと言うんですか」

「明日にでも、その引き継ぎがあるはずだ。彼女はそれに出席しなければならない。その間、彼女が捜査を抜けることになるが、おまえにそれをカバーしてほしい」

「俺に、あいつのお守《も》りをしろと……」

「お守りとは言っていない。カバーしてくれと言ったんだ」

「同じことだと思いますよ。夜回りはあいつが勝手にやっていることです。そのために、俺があいつをカバーする必要なんて、まったくないと思いますけどね」

「夜回りを評価していたんじゃないのか？」

「評価はしていますよ。でも、それとこれとは別問題です」

「彼女の夜回りは、住民にとってメリットがあると、俺は判断した。つまり、すでに彼女が勝手にやっていることではなく、俺が認めたことなんだ」

「大森署としての公式な活動ということですか？」

「そうだ」

戸高は、小さく溜《た》め息《いき》をついた。

「わかりました。署長には逆らえません」

「驚いたな。いつも逆らってばかりいると思っていたが……」

「それは、署長の勘違いですよ」

そう言うと、戸高は管理官席を離れていった。

戸高と竜崎の会話を聞いていたらしい加賀管理官が言った。

「あまり態度のよくない捜査員のようでしたが……」

「そう見えるかもしれない。だが、優秀な刑事だ」

「そうなのでしょうね。彼が言っていることは、的を射ている気がしました」

「車が乗り捨てられた状況が、あいつの眼には奇異に映ったようだ。それには必ず理由があるはずだ。鑑識が何か割り出してくれるかもしれない。確認してくれ」

「了解しました。それと、下松が寺川真智子を自宅付近に呼び出したという件も、状況を確認する必要があると思います」

「ともかく、二人の行方を追うことだ」

「さらに捜査員を投入して捜索する予定です」

竜崎はうなずいた。

「死に場所を求めて」という加賀管理官の言葉が、ずっと気になっていた。

10

午後八時半を過ぎて、竜崎は帰宅するかどうか考えていた。

加賀管理官が実質的に仕切っている指揮本部も、岩井管理官率いる殺人捜査班も、今は動きがない。

初動捜査を終え、捜査は次の段階に入っている。指揮本部は、全力で下松洋平と寺川真智子の足取りを追っている。

一方、殺人捜査班は、下松洋平が乗っていた車両を手に入れて、詳しく調べているはずだ。シートに血痕が残っていたということだから、おそらく犯人は返り血を浴びている。

あるいは、犯行時に抵抗にあうなどして、けがをしている可能性もあると、竜崎は思った。

いずれにしろ、今すぐ何らかの結果が出るとは考えにくい。自宅で待機したほうがいい。

竜崎は加賀管理官に言った。

「私はいったん帰宅する。何かあったら、携帯に電話をくれ」

加賀管理官はうなずいた。

「了解しました」

「君も適当に休め。いざというときに指揮官が使いものにならないのでは困る」

「はい」

おそらく、加賀管理官は、「はい」と言いながらも、決して席を離れようとはしないだろう。

「前線本部の葛木係長は、頼りになるんだろう」

加賀管理官は、驚いたように竜崎を見て言った。

「葛木ですか……？　ええ、もちろん頼りになります」

「ならば、ある程度のことは彼に任せて、休めるうちに休んでおけ。前線本部の連中にも交代で休むように言うんだ。大詰めはまだまだ先だと思う」

「わかりました」

竜崎は席を立ち、岩井管理官の席に近づいた。岩井はまた立ち上がった。

「いちいち立たなくていいと言ってるだろう」

「そう言われましても、習慣ですから」

「今、加賀管理官にも言ったんだが、休めるうちに休んでおいてくれ」

「はあ……」

岩井は、ちらりと加賀のほうを見た。それに気づいて、竜崎は言った。

「妙な対抗心を燃やすことはない。加賀が休まないからといって、それに付き合うことはない。いいか？　指揮官のコンディションが悪いと、正しい判断が下せないし、判断に時間がかかる。常にコンディションを良好に保っておくのも、君たちの義務なのだ」

「判断は、伊丹部長か竜崎署長にお願いしたいと思います。我々は情報を集約するのがつとめですから、不眠不休の覚悟で臨んでおります」

「もちろん私も休む。これから帰宅するところだ。だが、伊丹や俺だけですべての判断が下せるわけではない。また、私たちの判断を待っている暇がない緊急時もあるだろう。そのための管理官なのだ」

岩井は、何か反論しようとしていたが、結局それを諦《あきら》めたようだ。

「はい、了解しました。できるだけ休息を取るように心がけます」

竜崎がうなずき、岩井のもとを離れたとき、携帯電話が振動した。伊丹からだった。

「はい、竜崎」

「犯人の車両が発見されたそうだな」

「十八時過ぎのことだ。車内に血痕があったということだが、詳しいことはまだわかっていない」

「これから、そっちに行こうと思う」

竜崎は、溜め息をつきたくなった。どうして、どいつもこいつも無駄に体力を使おうとするのだろう。

ただ遅くまで残っていることが仕事だとでも思っているのだろうか。

「来てどうするつもりだ」

「おい、そういう言い方はないだろう。俺は、指揮本部長だぞ。本部にいるのが当然だろう」

「おまえが来ると、みんなにいらぬ気をつかわせることになる。この時間にやってくると、休もうとしている者たちも休めなくなるんだ」

「本部のことが気になるんだよ。殺人犯が、人質を取って逃走中なんだ。しかも、そいつは猟銃と散弾を所持している」

「そんなことは、みんな百も承知だ。だから、捜査員たちは、必死で二人の行方を追っている」

「だから俺は、そっちに行こうと……」

「おまえが来ても二人が見つかるわけじゃない。俺も引きあげようとしていたところだ」

「引きあげる？　俺かおまえのどちらかが詰めているべきだろう」

「いる必要はない」

「何だって？　責任者が不在なのはまずいだろう」

「不在じゃない。待機だ。何かあったときに連絡が取れ、すぐに駆けつけられる場所にいればいい」

「たしかにおまえは、自宅にいてもすぐに本部に駆けつけられるだろうが……」

「そういうわけで、俺は帰宅する。おまえも、帰るんだな」

「下の者が頑張っているのに、俺たち管理者が帰るのはどうかと思う」

「それは、自己満足に過ぎない」

「自己満足……？」

「おまえは、すべての捜査本部や指揮本部に臨席できるわけじゃない。体が空いたときだけ、その場にいようとする。アリバイづくりのようなものだ」

「アリバイづくりだと？　俺は現場のことを考えているんだ」

「本当に考えているのなら、できるだけ現場の者たちに迷惑をかけないことだな」

しばらく間があった。

「わかったよ。じゃあ、俺も帰ることにするよ。だがな、誘拐事件の場合、二十四時間を過ぎると、人質の生存率はひどく下がる。タイムリミットが迫っている。一刻も猶予《ゆうよ》はならないんだ」

「それも、みんなが心得ている」

「ならば、捜査員に発破をかけなければ……」

「よけいな緊張を強いるだけだ。プレッシャーをかけたからといって、捜査の効率が上がるわけじゃない」

「人は怠けたがる生き物だ。だから、部下の尻《しり》を叩《たた》け。俺はそう教わった」

「この指揮本部に、怠けたがる捜査員がいると思うか？」

「どうかな……」

「捜査員を信じられないのなら、なおさらここに来るべきじゃない」

「だから、帰ると言っているだろう」

「ああ、そうすべきだ」

竜崎は電話を切った。

帰ろうとすると、切ったばかりの電話がまた振動した。伊丹かと思って着信表示を見ると、笹岡生安課長だった。

「竜崎だ」

「根岸の、夜回りの引き継ぎをやろうと思うのですが……」

「今からか……？」

「ええ。ボランティアの人たちの都合が調整できましたので」

「引き継ぎに参加する人たちの負担にならないように、できるだけ短時間で終わらせるんだ」

「はい。そのつもりですが……」

「何だ？　何か言いたいことがあるのか？」

「できれば、署長にもご臨席願えないかと思いまして……」

「俺が……？　なぜだ？」

「ボランティアの人たちに夜回りを頼むというのは、大森署の方針なわけでして……」

たしかに、夜回りは楽なことではない。根岸は自主的にそれをやっていた。ボランティアに強制するわけにはいかない。

根岸がやっていたことを、一方的にボランティアに肩代わりしてくれと言うのは、虫がいい話かもしれない。

大森署の責任者として出席すべきだろう。

「わかった。場所は？」

「三階の会議室です」

「もう、ボランティアの人たちは集まっているのか？」

「はい」

「じゃあ、すぐに行く」

竜崎は講堂を出て、三階に向かった。


少年補導員、少年指導委員、少年警察協助員などが、少年警察ボランティアと呼ばれる。それぞれに、委託内容が違う。

少年補導員は、警察本部長などからの委託を受けて、地域で少年に関するさまざまな活動をする。

少年指導委員は、都道府県公安委員会から委託を受けて、風俗営業など有害な環境から少年を守る活動をする。

少年警察協助員は、少年補導員同様に、警察本部長等の委託を受けるが、こちらは暴走族やギャングといった非行集団から少年を脱退させる、といった活動をしている。会議室に集まっているボランティアは、少年補導員だった。若いのは大学生くらいだろう。上は六十歳を過ぎていると思われる。

全員で六人おり、そのうち二名が女性だった。

その部屋に、戸高がいたので、竜崎は驚いた。彼は、つまらなそうな顔で、テーブルに肘《ひじ》をついていた。

竜崎は戸高に近づいて言った。

「ここで何をしている？」

「言われたとおり、根岸のお守りですよ」

「だから、お守りをしろと言った覚えはないんだ」

「ボランティアの人たちに、夜回りを頼むってことでしょう？　引き継ぎを見届けますよ」

「根岸に、個人的に興味があるのか？」

「ないです」

戸高はそっけなく言った。どうやら、本当に個人的な興味はなさそうだ。

「じゃあ、どうしてここまで付き合うんだ？」

「刑事の習性でしてね……」

「刑事の習性？」

「根岸の面倒を見ろと言われたら、根岸が相棒だと思っちまうんですよ」

「なるほど……」

ますます戸高のことがわからなくなった。

初対面のときは、ひどく印象が悪かった。その後、態度は悪いがなかなか仕事ができることがわかってきた。

さらに、署内で人望があることもわかった。それでも、まだ戸高はとらえどころがなかった。

どうやら根岸のお守りをするというのは、皮肉でも何でもないらしい。本気で面倒を見る気のようだ。

てっきり、根岸のことなど面倒くさがるだけだと思っていた。だが、そうでもなさそうだ。やはり、何を考えているかよくわからない。

引き継ぎが始まった。

根岸が提出した代替案に従って進められた。ボランティアたちは当然、少年係の直通の電話番号を知っていた。だが、根岸はそれでは不充分だと考えているようだった。係員個人の携帯電話の番号を彼らに教える必要があると、代替案の中で彼女は主張していた。

その案のとおり、根岸は少年係の係員の携帯の電話番号をボランティアたちに教えた。そして、彼らの番号を記録した。

いつでも連絡を取れる態勢が必要だと、彼女は考えている。今日は、そのための第一歩だ。

その後、根岸は、どういう心構えで、どういう地域を夜回りしていたかを、具体的に説明した。

ボランティアたちは熱心に根岸の話を聞いていた。

最後に、署長が挨拶《あいさつ》をすることになっていた。竜崎は言った。

「何かわからないことがあったら、いつでも根岸に訊いてください。よろしくお願いします」

ボランティアたちは、あっけにとられたような顔をしている。挨拶が短すぎたのかもしれないと、竜崎は思った。

だが、ここで長々としゃべっても意味はない。竜崎が出席しているというだけで、大森署の熱意は伝わったはずだと、竜崎は思った。

午後九時過ぎには、会議室を出た。

根岸が近づいてきて、礼をした。

「署長においでいただけるとは思っていませんでした。ありがとうございました」

「礼なら、笹岡課長に言うといい。彼が私に出席するように言ったんだ」

「課長にもお礼は申しました」

「そうか」

「寺川真智子のストーカー相談の件ですが……」

「何かわかったか？」

「直接話を聞いた者と、今日は会えなかったので、明日、話を聞いてみようと思います」

竜崎はうなずいた。

「遅くまで、ご苦労だった。さて、引き継ぎが済んだ。これで、今夜からは夜回りをしなくて済むんだな？」

根岸は、済まなそうな顔をした。

「さきほども申しましたように、今日は夜回りをさせていただきたいと思います。ボランティアの方々も、今日からすぐに、というわけにはいかないでしょう」

「そうかもしれない。まあ、仕方がないな」

竜崎は、ふと気づいて言った。「戸高が、君は相棒だと言っていた。まさか、あいつも夜回りに付き合うんじゃないだろうな」

その質問に根岸がこたえる前に、背後から戸高の声がした。

「まさかって何ですか。当然、俺も付き合いますよ」

「俺が、彼女をカバーしろと言ったのは、少しばかり意味が違った。彼女が、指揮本部に不在のときに、その分をおまえにカバーしてほしかったんだ」

「現実問題として、それじゃ意味がありません」

「どうしてだ？」

「捜査員は、常に外で仕事をします。指揮本部に詰めているのは、上の連中と庶務や連絡係です。本隊は外回りなんです。だから、彼女の負担を減らすとしたら、いっしょにいて交代をするとか、代わりにできることをするとかでないと、意味がありませんよ」

竜崎は、戸高が言ったことについて、しばらく考えてから言った。

「実は、笹岡課長がこんなに迅速に動くとは思っていなかったんだ」

「どういうことです？」

「引き継ぎまでに、何日かかかると思っていた。その間、根岸が夜回りを続けるとなると、かなりの負担になる。そう考えていたんだが……」

根岸が言った。

「夜回りは、今夜限りで、あとは指揮本部に専念します」

竜崎は尋ねた。

「指揮本部が解散になっても、ストーカー対策チームの仕事は続く。チームの仕事をやりながら、夜回りも再開するつもりか？」

根岸の代わりに戸高が言った。

「そんなことは、指揮本部が解散になってから考えればいいでしょう。今は、捜査に専念すべきです」

竜崎は戸高に言った。

「そうだな。おまえの言うとおりだと思う」

「じゃあ、そういうことで……」

戸高が竜崎に背を向けて立ち去ろうとした。

「ちょっと待て」

竜崎が呼び止めると、戸高は振り返ってわずかにしかめ面《つら》になった。

「何です。まだ何か？」

「加賀管理官が気になることを言っていた。おまえの意見を聞きたいと思ってな」

「気になること……？」

戸高といっしょに根岸も竜崎の顔を見つめた。

竜崎は言った。

「下松は、寺川真智子との死に場所を求めて、地元に戻ってきたんじゃないか……。加賀管理官がそう言っていた」

戸高は、ふと考え込んだ。

「無理心中ですか……」

「下松は、中島繁晴を殺害している。自棄《やけ》になってそういう行動に出ることは充分に考えられるんじゃないか」

「だとしたら、面倒なことになりますね。下松は、猟銃と散弾を所持しているんですよね」

「ああ、そうらしい」

「事件の展開によっては、被害が広がる恐れがありますね……」

そのとき、根岸が頭を下げた。

「すみません」

竜崎は尋ねた。

「どうした？」

「下松と寺川真智子の所在を確認することは急務であることは充分に承知しています。それなのに、私は指揮本部の仕事を離れて夜回りに出ようとしています」

「指揮本部の責任者の一人としては、容認しがたいところだが、夜回りについては署長として認めたことだ。仕方がない」

戸高が言った。

「夜回りをしながらでも、下松の行方は追えますよ」

「何だって？」

「捜査ってのはですね、つまりは目配りです。捜査一課の兵隊たちはどうか知りませんが、俺たち所轄《しょかつ》の刑事は、一度にいくつもの事案を抱えているのが普通です。いろいろな方面に目配りをしているもんなんです」

戸高が言っていることは、なんとなく理解できた。捜査一課の刑事たちは、捜査本部などで集中的に捜査することに慣れている。

だが、所轄の捜査員は、なかなか一つの事案に集中することはできないのだ。

「では、よろしく頼む」

竜崎が話を切り上げようとしたとき、戸高が思い出したように言った。

「下松の車両ですがね……」

「乗り捨てられていた車だな。違和感があったと言っていたな」

「ええ。その理由がわかったような気がするんです」

「何だ？」

「ぞんざいな停め方だったんですよ」

「ぞんざいな停め方？」

「そう。タイヤが縁石からずいぶん離れていましたし、車体が斜めでした」

「それはどういうことだろうな……」

「急いでいるときに、そういう停め方になってしまいますね。あるいは、駐車の仕方なんて気にしていられない場合に……」

「まあ、人質を取って逃走しているんだから、そういう停め方になっても無理はないだろうが、確かにぞんざいすぎるな……」

「運転していたのが誰かにもよりますがね……」

「下松と考えるべきだろう」

「だったら、下松は、何をそんなに慌《あわ》てていたんでしょうね」

戸高が独り言のように言った。竜崎は、その言葉に、思わず眉《まゆ》をひそめていた。

11

さきほど、戸高に言ったことは本音だった。笹岡生安課長が、こんなに迅速に動くとは思っていなかったという言葉だ。

まさか、一度署を出た笹岡課長が、その日のうちに引き継ぎの段取りをつけるとは思わなかった。直接電話したので、薬が効きすぎたな、と竜崎は思った。

おかげで、帰宅がずいぶんと遅くなったが、文句は言えない。笹岡はやるべきことをやったのだし、おかげで根岸は早く肉体的な重圧から解放されるはずだ。

指揮本部や前線本部の連中は、二十四時間態勢で働いている。帰宅できるだけありがたいと思わなければならない。

午後十時頃、自宅に着いた。

「あら、お帰りなさい」

妻の冴子が言った。「お泊まりじゃなかったの？」

「大詰めはまだ先だと思う。ただ、いつ呼び出されるかわからない」

「お酒はやめておく？」

竜崎は迷った。伊丹には、「待機だ」と言った。ならば、酒を飲むべきではない。だが、結局、ビールの誘惑に勝てなかった。三五〇ミリリットルの缶ビールを一本だけ飲むことにした。

「夕食は？」

「指揮本部で弁当を食べた」

「じゃあ、軽いつまみを出すわね」

竜崎は着替えてダイニングテーブルに着く。ビールをコップに注いだとき、美紀が部屋から出て来た。

何か話したそうにしている。竜崎は、ビールを一口飲んでから美紀に言った。

「帰っていたのか。今日は早いんだな」

広告代理店に勤める美紀は、たいてい夜の十時を過ぎないと帰ってこない。酒の臭《にお》いをさせていることも少なくない。

竜崎は、たった一缶のビールにも気をつかわなければならない。酒を飲みながら仕事ができるというのは考えられないことだ。

だが、仕事はそれぞれだ。それについては、何も言う気はない。

「入社したての頃は、いいように使われていたし、何をどうしていいかわからなかった。最近は、自分でいろいろとコントロールできるようになってきたわ」

「それはいいことだ。昨日の話だが、その後どうなった？」

「どうもならないわよ。昨日の今日よ」

「それはそうだが、メールすると言ってたな。返事は来たのか？」

「メールなら日に何度も来るわ」

竜崎は溜《た》め息《いき》をついた。

「本当にストーカーの要件を満たしているな……。それで、具体的に何か言ってきたのか？」

「会って話したいって言うだけなの」

「話が堂々巡りになるから、会いたくないと言っていたな」

「そう。忠典さんに少し頭を冷やしてもらいたいの」

「忠典君の行為を迷惑だと感じているのなら、警察に相談するといい。そうすれば、署長名で、その行為を止《や》めるように警告を出すこともできるし、それでも止めないようなら、東京都公安委員会による禁止命令も出せる」

「警察署長名って……、お父さんの名前で忠典さんに警告を出すわけ？」

「もし、おまえが大森署に相談したなら、そういうこともあり得るな」

「忠典さんにしてみれば、ショックよね。付き合っている相手の父親からストーカー禁止の警告を受けるなんて……」

「法に基づく通常の手続きだ。たまたま父さんが署長だというだけのことだ」

台所から冴子がやってきて言った。

「あなたにとってはそうでも、忠典さんはそうは思わないわよ」

「どうしてだ？」

冴子は、あきれた顔になった。どうしてあきれるのか、竜崎にはわからない。

「立場を入れ替えてみればわかるでしょう？　もし、あなたが忠典さんの立場だったら、どう思う？」

竜崎はそれを想像してみた。そして、言った。

「誰の名前で禁止の警告が来るか、よりも、自分の行為を禁止されたことのほうが問題だと考えるだろうな」

「もし、あなたの名前で警告が出されたら、忠典さんは、あなたが立場を利用したと思うでしょうね」

「どうしてだ？　俺は立場を利用する気などない。生活安全課から、ストーカー行為に対する警告を出す旨《むね》の書類が来たら、それに判を押すだけのことだ。その書類に美紀の名前が書かれていようが、別の名前が書かれていようが関係ない」

　冴子は、溜め息をついてから言った。

「美紀は、そんな話をしたいわけじゃないのよ」

「わかっている。なんでこんな話になったんだろうな」

「あなたが美紀に、警察に相談すればいい、なんて言うからよ」

「迷惑だと思っているなら、そうするのも一つの手だ」

「警察に相談する気なんてないって、美紀は昨日言ってたじゃない」

「そうだっけな……」

　そのとき、美紀が言った。

「いざとなったら、相談してもいいかも」

　冴子が驚いた様子で美紀を見た。

「あなた、忠典さんと付き合っているんでしょう？」

「たぶんね……」

「結婚の話もしてるのよね？」

「話をしているだけよ。結婚すると決めたわけじゃない」

「少しは忠典さんの気持ちを考えたらどうなの？」

「考えてるわよ。だから、我慢してるんじゃない」

「あら、我慢してるわけ?」

「お父さんが言うとおり、最近の忠典さんは、ほとんどストーカーなのよ。こっちだって仕事が忙しいんだし、いいかげんにしてほしいと思うことだってあるわ」

「だからって、警察に相談するなんて……」

「心配しないで、本当に相談するつもりはない」

美紀が竜崎のほうを見た。「そんなことをしたら、お父さんだって困るでしょう?」

「どうして、父さんが困るんだ?」

「忠典さんのお父さんは、お父さんの上司だったんでしょう?」

「それと、おまえが迷惑を被《こうむ》っていることは関係ない」

「だって、いつだったか、私が忠典さんと結婚すればいいって、お父さん、言ったじゃない」

美紀の交際相手である三村忠典の父、三村禄郎は、竜崎が大阪府警本部にいた頃の上司だった。

二人が結婚したら、三村禄郎と親戚《しんせき》関係を結ぶことになり、それはそれで竜崎にとって都合がいいのは事実だ。だが、ただそれだけのことであって、竜崎がそれを望んでいるわけではない。

「勘違いするな。もし、そういうことになったら好都合だと言っただけだ。そうしなければ、都合が悪いと言ったわけじゃない」

「それはわかってるけど……。もし、私が大森署に相談して、お父さんの名前でストーカー行為に対する警告が出たことを、忠典さんのお父さんが知ったら、ちょっとまずいことになるんじゃない？」

「どうしてだ？」

「どうしてって……」

「三村さんは、父さんと同じく警察官だ。自分の息子がどうこうでなく、父さんが手がけるべき問題を、ちゃんと処理しなかったら、それを問題にするだろうな」

「私が相談をしたのに、お父さんがそれを無視した場合のほうが問題だということ？」

「ストーカーは、警察にとって重要な事案だ。それを無視するのはまずいと、三村さんだってわかっているはずだ」

「じゃあ、いざとなったら、本当に警察に相談してもいいのね？」

「ストーカー行為から守られる権利は、誰にでもある」

　美紀は笑顔を見せた。

　冴子が言った。

「本当に、相談するつもりなの？」

　美紀が冴子に言った。

「だいじょうぶよ。今は、そんな気はないから。ただ、そうしてもいいんだって言われると、気が楽になるでしょう？」

「あなたのお父さんは変わっているのよ。世の中の人がみんな、お父さんのような考え方をするわけじゃない。忠典さんや忠典さんのお父さんも含めてね」

　竜崎は冴子に言った。

「みんな合理的に考えればいいんだ。原理原則から外れるからおかしなことになるんじゃないか」

　冴子ではなく、美紀が言った。

「そうよね。会社でも思う。みんな他人の顔色や古いしきたりなんかを気にし過ぎだって……。何が一番合理的か、を考えればこたえはもっと簡単なのに……」

　竜崎はうなずいて言った。

「他人の顔色を気にしていたら、本当にやるべきことができなくなる。気をつけることだ」

冴子が言った。

「あんたたちは、本当に似た者同士ね。肝腎《かんじん》な話は、どうなったの？」

美紀が冴子に尋ねる。

「肝腎な話って？」

「忠典さんと結婚するかどうかってこと」

「とりあえず、保留よ。今は結論を出せる状況じゃないと思う。忠典さんも頭を冷やす必要があるし、私も距離を置きたい」

竜崎はうなずいた。

「わかった」

美紀が部屋に向かった。

「お風呂《ふろ》入って寝るわ。おやすみなさい」

美紀がいなくなると、竜崎は冴子に言った。

「保留と言ったが、結婚はしないと考えていいんだな」

冴子が椅子《いす》に腰を下ろした。

「どうかしらね」

「忠典君は、むきになっている。二人の間柄はこじれてしまったんじゃないのか？」

「むきになっているのは、美紀のほうかもしれないわよ」

「どうしてだ？」

「忠典さんは、本気で美紀のことを考えている。だけど、美紀がそれをはぐらかしているんじゃないかしら」

「美紀の主張は、はっきりしている。今は仕事を第一に考えたいということだろう。それは充分に理解できる」

「父親は娘に甘いから……」

「母親が娘に厳しすぎるのかもしれない」

冴子は、また溜め息をついた。

「お付き合いも長くなれば、いろいろあるわね……」

「いろいろ……？」

「付き合いはじめた頃が、一番楽しいのよね。何をしても充実している。でも、だんだん落ち着いてくると、互いの嫌なところも見えてくる……。そのうち、惰性で付き合うようになって……」

「待て。美紀が惰性で付き合っていると言うのか？」

「どうかしら……。でも、充分に長く付き合っていることは確かね。十年以上付き合ったカップルが結婚する確率は十パーセント以下だそうよ」

「そんな統計があるとは信じられないな」

「ちゃんとした数字かどうか知らないわよ。でも、それって想像がつくわね」

「俺には想像がつかない。付き合いだの結婚だのは人それぞれだ。統計でわかるもんじゃない」

「一人一人の振るまいを言い当てることはできない。でも、一日にどれくらいの人が結婚して、どれくらいの人が離婚するかは言い当てることができる。それが統計学でしょう?」

「そうだな。それは、犯罪の取締にも応用されている」

冴子が言ったことと同様に、誰がいつどんな罪を犯すかは、言い当てることはできない。だが、東京で一日にどれくらいの犯罪が起きるかは言い当てることができるのだ。

「長く付き合うのがいいわけじゃないってことよ。結婚するなら、早く結論を出すべきだわ」

「だが、俺は統計学のマジックにはだまされない」

「どういうこと？」

「やはり、統計がどうあれ、結局は人それぞれだということだ。どんなに長く付き合ったとしても結婚するカップルはいる。どういう結論を出すかは、美紀に任せるしかない」

「そうね。忠典さんが、どれくらい本気かによるわね」

「どれくらい本気か？」

「そう。本気なら、美紀の言うとおりにしてくれるでしょう」

「忠典君が美紀の要求に自分を合わせるということか？」

「そう」

「それは、不公平な気がするが……」

冴子がほほえんだ。

「それが、男の優しさってもんじゃない」

携帯電話の着信音で目が覚めた。

「はい、竜崎」

「加賀です。被害者の寺川真智子からのメールを受信したという通報がありました。

今、詳しい事情を訊《き》きに、捜査員が向かっています」

竜崎は時計を見た。

午前三時過ぎだった。午後十一時頃に就寝したので、三時間は眠ったことになる。

竜崎は言った。

「わかった。すぐに行く」

「公用車を手配します」

冴子も目を覚ましていた。

「出かけるのね」

起きようとする。

「起きることはない。寝ていてくれ」

「そうはいきませんよ」

竜崎は、手早く身支度を調《ととの》えると、車の到着を待った。冴子は何も尋ねない。捜査情報は、家族にも話せないということを心得ているのだ。

公用車は、すぐにやってきた。

「行ってくる」

「行ってらっしゃい」

「今日は戻れるかどうかわからない。連絡する」

「わかったわ」

車に乗り込んだ竜崎は、すでにすっかり目を覚ましており、気分は臨戦態勢だった。

寝る前に、もう一本ビールを飲みたかったがやめておいた。我慢してよかったと思った。摂取したアルコールが少ないほど寝起きが楽だ。

指揮本部に着くと、この時間でもその場にいる者たちは全員起立した。竜崎は、まっすぐに管理官席に向かった。

「寺川真智子がメールを送ったというのか？」

「はい」

「内容は？」

「人質にされている。助けてくれ。そのような内容だったということですが、詳しいことはまだ……」

「彼女の所在は？」

「それもまだわかっていません。じきに、報告があるはずです」

加賀管理官が言い終わらないうちに、電話が鳴った。電話番が受話器を取る。

「捜査員から報告です」

電話を切ると、彼はすぐに加賀管理官に報告した。「メールを受けた人物の名は、土田葉子《つちだようこ》。年齢は二十四歳。寺川真智子とは、高校時代からの友人だそうです」

加賀管理官が尋ねる。

「メールの内容は？」

「下松に捕まっている。助けを呼んでほしい。そういう内容だそうです」

「下松の名前があったんだな？」

「はい。そのようです」

「どこに捕まっているんだ？」

「下松の自宅とのことです」

「何だって？」

加賀が声を張り上げた。「下松の自宅付近には捜査員が詰めている。どうして、二人に気づかなかったんだ？」

確かに妙な話だ。竜崎は即座に命じた。

「もう一度確認してくれ」

加賀は、すぐにその場にいた人間に命じた。

「動ける者は全員、下松の自宅に急行しろ」

殺人捜査班の捜査員たちも、加賀と竜崎がいる管理官席に近づいてきた。

竜崎は、加賀に言った。

「下松は、猟銃を持っている恐れがある。刺激しないようにしてくれ」

「了解しました。隠密《おんみつ》行動で近づくようにします」

連絡係がそれを無線で指示する。

竜崎はさらに言った。

「君は、捜査一課長に連絡してくれ。俺は、刑事部長に知らせる」

「はい」

竜崎は、携帯電話を取り出して伊丹にかけた。呼び出し音七回で伊丹が出た。

「竜崎か。どうした」

眠そうな声だ。この時刻だから無理もない。

「誘拐の被害者から、友人宛《あて》にメールが届いた」

「メール？　どういうことだ？　誘拐された人質だろう……」

「おそらく、犯人の眼を盗んでメールしたんじゃないかと思う」

「それで、犯人と人質は、どこに……？」

「犯人宅だということだが、至急、確認させる」

「犯人は、一人暮らしか？」

「いや、母親と二人暮らしだ」

「その母親の所在は？」

「一度話は聞いたが、現時点での所在はまだ、確認していない」

「わかった。ＳＩＴはまだ待機しているな？」

「前線本部にいる」

「ＳＩＴに対処させろ。刑事部で片を付けるぞ」

「おい、どこが事件を扱うかなんて、言っているときじゃない。もっと重要なことがあるだろう」

「俺にとってはそれも重要なことだ。これからそっちに向かう」

来るな、と言う前に電話が切れた。かけ直す気にもなれなかった。

腰が軽い刑事部長も困ったものだ。そんなことを思いながら、竜崎はふと、方面本部長に知らせるべきか考えた。

少しだけ迷った後に電話をした。しばらく呼び出し音を聞き、切ろうかと思ったとき、声がした。

「はい、弓削です。竜崎署長ですね？　どうされました？」

12

寺川真智子からのメールが友人のもとに届いたことを、竜崎が告げると、弓削第二方面本部長は言った。

「誘拐の被害者がメールを送ってきたということですか？　解放されたのでしょうか？」

「いえ、そうではなく、誘拐犯の眼を盗んでメールを送ってきたようです。下松の自宅に捕まっているという内容のメールでした」

「犯人は、人質を取って自宅に潜伏しているということですね？」

「そういうことになります。今、捜査員を隠密行動で向かわせています。誘拐事件の前線本部にＳＩＴがいますので、引き続き彼らに対処してもらおうと思います」

「それは、署長のご判断ですか？」

「伊丹刑事部長の指示です。彼が捜査本部長ですから」

「まさか、部長は臨席されていませんよね」

「こちらへ向かうと言っていました」

「では、私も今からそちらへ行きましょう」

刑事部長だけでなく、方面本部長もやってくるとは、ますます面倒なことになった。

竜崎は言った。

「その必要はないと思います。こちらで充分に対処できておりますし……」

「部長が向かっているというのに、私がのんびり寝てはいられませんよ」

なぜこんなところで、刑事部長の顔色をうかがわなければならないのか。竜崎は不思議でならなかった。

伊丹にしろ弓削にしろ、指揮本部に来たとしても、ひな壇に座っているしかないのだ。実質的に管理官たちが指揮を執っている。彼らに任せておけばいいのだ。

偉い人が指揮本部や捜査本部にやってくると、ただ管理官や現場の捜査員に気を使わせるだけだということが、なぜわからないのだろう。

だが、それを言っても弓削は聞き入れないだろう。彼は、野心がありそうだし、なかなか強情そうだ。

「わかりました。お待ちしております」

竜崎はそう言うしかなかった。

電話を切るのを待っていたように、加賀管理官が言った。

「下松の自宅は、マンションの二階です」

「殺人の現場の近くだな？」

「そうです。徒歩で三分ほどのところです」

「マンションの総世帯数は？」

「八世帯です」

「小規模のマンションなんだな？」

「それがですね、一世帯がべらぼうに広いんです。少なくとも百平米以上はありますね。高級分譲マンションなんです」

加賀は意外そうな口調で言った。竜崎も、なぜか意外な気がしていた。下松は、小さなアパートに住んでおり、そこに人質を取って立てこもっているという光景を、勝手に想像していた。

先入観だ。両親が離婚して、母親と二人暮らしというだけで、貧しい家庭を想像してしまったのだ。

気をつけなければならないと、竜崎は思った。

「下松は、寺川真智子を人質にして、自宅に立てこもっているということだが、母親はどうしているんだ？」

「確認できておりません。もしかしたら、寺川真智子とともに人質になっている恐れがあります」

「確認を急いでくれ。今、刑事部長と方面本部長がこっちに向かっているから、彼らが到着したら、状況をちゃんと報告できるようにしておいてくれ」

加賀管理官が驚いた顔になった。

「部長と方面本部長が……。何か特別な情報でもあったんですか？　関係者に政治家がいるとか……」

現場の統括者としては、そう勘ぐりたくもなるだろう。早朝三時頃に刑事部長が指揮本部に来るとなれば、捜査員たちは普通じゃないと考えるだろう。

「いや、そういうことじゃない。伊丹は、現場で陣頭指揮を執りたいんだろう」

「ああ……」

加賀管理官が思い出したように言った。「署長と刑事部長は、同期で幼馴染《おさななじ》みだということでしたね」

「それがどうした」

「あ、いえ……」

幼馴染みであることは、捜査とは何の関係もない。竜崎と伊丹が、小学生の頃からの知り合いだと知っている者たちは、二人の関係がほほえましいものだと思いたがるようだ。

だが、実際はそうではなかった。竜崎は伊丹を中心とするグループからいじめにあっていたのであり、今でもそのことを忘れてはいない。

連絡係が電話を受けて言った。

「捜査員たちが、当該マンションに到着しました。部屋の明かりはすべて消えているということです」

加賀管理官が竜崎に言った。

「一世帯ずつ個別に訪問して、避難を促《うなが》しましょうか？」

「いや、犯人を刺激したくない。どんなにこっそりやろうとしても、そういう動きをすれば、必ず察知される」

「では、近隣住人には知らせないでおくのですね」

「へたに避難するよりも、自宅に閉じこもっていたほうが安全だ。いくら散弾銃でも壁を撃ち抜くことはないだろう」

「わかりました。現場にはそのように指示します」

「前線本部は移動したのか？」

「はい。誘拐の被害者宅には捜査員若干名を残し、マイクロバスで下松宅の近くに移動しました」

「そこにＳＩＴが詰めているんだな？」

「はい」

態勢は万全だと、竜崎は思った。

ＳＩＴは、誘拐や立てこもり事件の専門家集団だ。こうした事案で、彼らほど頼りになる連中はいない。

「その後、被害者からのメールは？」

竜崎が尋ねると、加賀管理官がこたえた。

「送られてきたのは一度だけのようです。友人が返信しましたが、それきり返事はないようです」

「メールを送った直後に電源を切ったかもしれない。着信音で下松に気づかれる恐れがある。マナーモードにしても振動でわかってしまうだろう」

「そうですね……」

加賀は何事かを考えていた。

竜崎は、殺人捜査班の机の島のほうを見た。岩井管理官の姿がない。おそらく、仮眠を取っているのだろう。

いいことだ、と竜崎は思った。この時刻に、殺人の捜査に動きがあるとは思えない。メールの件は、略取・誘拐対策班に任せておけばいいのだ。

殺人犯係には、三人の係員が残っていた。連絡係と予備班だろう。彼らに疲れは見られなかった。予備班はベテランだ。若い捜査員に比べれば、体力的にきついだろう。それでも、辛《つら》そうな顔を見せていなかった。

竜崎は、加賀管理官に眼を戻して言った。

「前線本部の葛木係長と、直接話がしたいのだが……」

加賀管理官はうなずいて、連絡係に指示した。

三十秒と経たぬうちに、連絡係が言った。

「つながっています」

竜崎は、受話器を取った。

「大森署の竜崎だ」

「特殊班の葛木です」

「下松からは、何も言ってきていないんだな?」

「要求は一切ありません」

「下松とは連絡が取れないのか？」

「携帯にかけていますが、電源が入っていないようです。被害者の携帯も電源が入っていなかったのですが……」

「メールが来たわけだな？」

「はい」

「それについてはどう思う？」

「犯人の眼を盗んで、電源を入れ、メールを送ったと考えるのが普通でしょう」

「メールによって、下松が自宅に潜伏していることがわかったわけだな」

「はい」

「これからどうする？」

「まず、状況の把握を急ぎます。犯人と人質が部屋のどこにいるのかを確認しなければなりません。さらに、犯人と同居しているはずの母親の所在確認も必要です」

「人質のことが心配だ。時間の勝負だ」

「心得ています」

「メールを送ってきたのだから、今のところ人質は無事だということだな」

「そうですね。ただ……」

「ただ、何だ？」

「犯人から、何も要求がないのが気になります」

「営利誘拐ではないんだ。下松は寺川真智子のストーカーだ。金品の要求がないのは、むしろ当然なんじゃないのか？」

「誘拐犯や立てこもり犯は、電話に出たがるものなのです。警察の出方を知りたいのです。だからこそ、交渉の余地があります」

「携帯電話の電源を切っているということは、交渉を拒否しているということになるわけだ」

「そう考えることもできますが、別の理由で電源を切っている可能性もないわけではありません」

「ずいぶんと遠回しな言い方だな。位置情報か？」

「そうです。電源を切ることで、現在位置を知られないようにしようと考えたのかもしれません」

竜崎は、葛木の言葉について考えてみた。

下松が、居場所を警察に知られないために、携帯電話の電源を切ったというのは、あり得ないことではない。

下松は、神奈川方面に逃走したと思われていたが、Uターンして殺人の現場近くに戻って来た。そして、自宅に潜伏した。

そうした行動を、警察に知られたくなかったということは、充分に考えられる。

「交渉はいつから始める？」

「母親の所在が確認でき次第、自宅の固定電話にかける予定です」

「わかった。電話を切る前に、君の意見を聞かせてもらえないか」

「はい、どのようなことでしょう？」

「犯人は、死のうとしていると思うか？」

即座にこたえがあった。

「自分らは、それを一番恐れています。無理心中の恐れがあります。何としても、それを防がなければなりません」

「よくわかった。では、引き続きよろしく頼む」

「はっ。失礼します」

竜崎は電話を切って、考えた。

下松は、すでに中島繁晴を殺害しているものと思われる。だとしたら、無理心中の可能性も高い。

問題は、いつそれを実行するか、だ。

それは、下松次第なのだ。

さすがに、ＳＩＴの係長は、楽観視はしていなかった。無理心中の恐れがあると、即座に言明したことで、竜崎は葛木を信頼していいと思った。

「起立」の声がかかる。深夜だろうが、明け方だろうが、それは変わらない。

弓削方面本部長が入室してくるところだった。野間崎管理官がいっしょだったので、竜崎はちょっと驚いた。気の毒に、呼び出されたのだ。弓削方面本部長は、まっすぐにひな壇に向かった。正面に並ぶ席の一番端に腰を下ろすと、きょろきょろとあたりを見回していた。

捜査員たちが着席する。

野間崎が管理官席にやってきて、竜崎に気づき、驚いた様子で言った。

「こちらにおいででしたか……」

弓削方面本部長もそれに気づいて、立ち上がり、管理官席にやってきた。彼は、竜崎に言った。

「どこにおいでなのかと思っておりました」

それで彼は、きょろきょろとしていたのだ。

竜崎は、弓削と野間崎の二人に言った。

「わざわざおいでいただかなくてもよかったのです」

弓削は、それにはこたえず、竜崎に尋ねた。

「刑事部長はまだですか？」

「まだです」

「それはよかった」

部長より先に到着して安心した様子だ。そんなことはどうでもいいと、竜崎は思っていた。

そのときまた、「起立」の声。

今度は、伊丹だった。彼は、弓削方面本部長同様に、足早にひな壇に向かった。腰を下ろすと、竜崎を見つけて言った。

「そんなところで何をしている。こっちへ来て座れ」

竜崎は言い返した。

「ここに俺の席を作った。そのほうが効率的だ」

それを聞いて、弓削が困ったような顔になった。自分がどこにいればいいのかわからなくなったのだろう。

伊丹がさらに言った。

「いいから、こっちへ来い。どうなっているのか、説明してくれ」

竜崎は、仕方なく立ち上がって、加賀管理官に言った。

「君も来てくれ」

竜崎と加賀管理官が正面のひな壇に向かうと、弓削方面本部長と、野間崎管理官もついてきた。

竜崎は、伊丹の隣に座った。さらに弓削が竜崎の隣に座る。二人の管理官は、伊丹の正面に立っていた。

竜崎は伊丹に言った。

「加賀管理官から状況を説明してもらう」

伊丹が視線を向けると、加賀管理官が緊張した面持ちで気をつけをした。彼から見ると刑事部長は雲の上の存在に違いない。

管理官の上に理事官がいて、その上が課長。そして、参事官がいて、その上が部長なのだ。

伊丹が言った。

「楽にしていい」

「はい」

加賀管理官は、少しだけ肩の力を抜いて報告を始めた。

話を聞き終わると、伊丹が言った。

「では、ＳＩＴが中心になって対処しているということだな」

竜崎はうなずいた。

「指示のとおりにした」

竜崎が伊丹にタメ口をきいていることについて、弓削や加賀管理官はおそらく、違和感を抱いているだろう。竜崎と伊丹の事情を知っていたとしても、実際に目《ま》の当《あ》たりにするとたしなめたくなるかもしれない。

だが、竜崎は気にしていなかった。伊丹に、もちろん気にする様子はない。

「けっこう。殺人の捜査のほうはどうなっている？」

「今、担当の岩井管理官が席を外している。犯人が乗り捨てたと思われる車両を調べているはずだ」

「誘拐犯が、殺人の犯人でもあるわけだろう？」

「そういうことだろうと思うが、物証はない。疑問点もあるので、慎重に捜査している」

「何だ、その疑問点というのは……」

「凶器は刃物だ」

「それがどうした」

「もし犯人が下松だとしたら、猟銃を持っていたはずだ。それなのに、わざわざ刃物を使ったということになる。それに、犯行後、車で神奈川方面に逃走していたのに、現場近くにUターンしている。その理由がわからない」

　伊丹は顔をしかめた。

「そんなのはたいしたことじゃないだろう。被疑者の身柄を確保して、話を聞けばわかることだ」

「こうした疑問点を、ちゃんと明らかにしておかなければ、あとで痛い目にあうこともある」

「ならば、それを殺人捜査の担当者に徹底しておこう。担当の管理官はどこにいる？」

「休憩中だと思う」

「休憩中だって？　寝ているのか？」

「言いたいことはわかる。刑事部長が来ているのに、のうのうと寝ているとは何事かと……」

伊丹は顔をしかめた。

「別に俺は、そんなことは……」

「だから、おまえのようなやつが軽々しく現場に出て来ちゃいけないんだ。捜査員たちが満足に休息を取れなくなる。そうなると、集中力や判断力が低下して、総合的に捜査能力も落ちるし、間違いも起きやすくなる」

「だから、俺はそんなことは言っていないし、考えてもいないと言ってるんだ」

「あの……」

弓削が、恐縮した様子で、竜崎と伊丹の言い合いに割って入った。「ちょっと、よろしいですか？」

竜崎は尋ねた。

「何でしょう？」

「SITが前線本部で指揮を執っているということですが……」

「それが何か？」

「犯人は猟銃を持って立てこもっているのでしょう？　ここは、専門の銃器対策レンジャー部隊を呼んではいかがですか？」

銃器対策レンジャー部隊は、第七機動隊にある突入部隊で、武装した立てこもり犯などを専門とするチームだ。ハイジャックやテロ事件の際には、ＳＡＴ《サット》（特殊急襲部隊）の支援部隊として出動することになっている。

竜崎は、その提案は充分検討に値すると思った。だが、伊丹は反対するだろう。さきほど電話でもＳＩＴに仕切らせろと、竜崎に釘《くぎ》を刺したのだ。

案の定、伊丹が言った。

「いや、その必要はない」

弓削が驚いたように言った。

「しかし、早期解決のためには……」

「これは、殺人事件であり、略取・誘拐事件だ。ＳＩＴはそれらの事案のスペシャリストだ。彼らに任せておけばいい」

ＳＩＴは刑事部の捜査一課所属だが、ＳＡＴや銃器対策レンジャーは警備部の所属だ。伊丹はあくまでも、この事件を刑事部で解決したいのだ。

「部長……」

弓削はあくまでも慇懃《いんぎん》な態度を保ったまま言う。「僭越《せんえつ》ながら申し上げますが、警備事案は、方面本部長である私に裁量権があります」

弓削は思った以上に強情だ。こうなれば、伊丹も負けていない。

「これは、警備事案じゃない。あくまで刑事事件だ」

勝手に言い合いをさせておこうか。竜崎はそんなことを思っていたが、そうもいかない。伊丹が竜崎に下駄《げた》を預けることは充分にあり得る。

さて、どうしたものか。竜崎は考え込んだ。

13

「なんだって……。何か起きる前に、排除しろ」

加賀管理官の声が響いた。

竜崎は思わず、その声のほうを見ていた。言い合いをしていた伊丹と弓削方面本部長も同様にそちらを見た。

加賀管理官は、固定電話の受話器に向かって話をしていた。

彼が電話を切ったので、竜崎は尋ねた。

「何があった？」

「現場をどこかの記者が嗅《か》ぎつけたようです」

「嗅ぎつけた……？」

竜崎は困惑して、伊丹に尋ねた。「略取・誘拐事件のことを、マスコミに発表したのか？」

伊丹は苦い顔になった。

「直接は発表していない。だが、殺人事件については発表しないわけにはいかなかった。被害者の素性《すじょう》を発表したので、そこからたどって、略取・誘拐を嗅ぎつけた記者もいるだろう」

「無責任な言い方だな。方針をはっきり決めてくれないと困る。秘密裡《り》に解決するなら、それなりの方法がある。また、世間に発表するなら、別のやり方もある」

「わかっている。いずれにしろ、一社が嗅ぎつけたら、他社も気づく。やつら、ゴキブリと同じだ。一匹いたら百匹、だ」

刑事部長が、マスコミをゴキブリにたとえた、などということがどこかに洩《も》れたら、けっこう大事《おおごと》になるだろう。

発言者が、どういうニュアンスで言ったかなど、マスコミにとっては問題ではない。彼らは、言葉尻《ことばじり》を捉《とら》え、前後関係を無視して、糾弾を始める。ヤクザの言いがかりや、クレーマーの苦情と同じだ。ジャーナリズムよりセンセーショナリズム。それが今の日本のマスコミの現状だ。

竜崎は伊丹に言った。

「つまり、そのうちにマスコミが大挙して押し寄せてくるということだ。情報管理が必要だったが、それを怠ったということになる」

伊丹はますます苦い顔になった。

「協定が必要だったということか？」

「それも含めて、略取・誘拐については、どのように取材し、どのように報道するか。そういうコントロールは必要だったはずだ」

「警察がすべての報道をコントロールできるわけではない」

「それでも、マスコミ各社の良識に訴えることはできる」

「マスコミ各社の良識？　そんなものが、あればの話だがな……」

「とにかく、そんなことを言っているときではない。すぐに対処すべきだ」

周囲の者たちは、刑事部長を容赦なく責め立てる竜崎を、はらはらした様子で見つめている。竜崎と伊丹が同期で、しかも幼馴染みであることを知らない者もいるだろう。

普通所轄《しょかつ》の署長は警視正で、本部の部長は警視長か警視監なので、署長がタメ口をきくことすらないだろう。

伊丹は、携帯電話を取り出して言った。

「わかっている。やるだけのことはやってみる」

夜明け前で、世間は寝静まっている時間帯だが、警察もマスコミも時間など関係ない。おそらく伊丹は、参事官か刑事総務課長などに連絡をして、マスコミ対策を命じるのだろう。

伊丹が電話をかけたタイミングを見計らうように、弓削方面本部長が竜崎に言った。

「すでに記者が現場にやってきています。これから、マスコミが殺到する恐れがあります」

「そういうことがないように、今から刑事部長がマスコミ対策をするのです」

「時すでに遅し、だと思います。マスコミの上層部もいまさら記者に引きあげろとは言えないでしょう」

「我々がマスコミの事情を考える必要はありません。あくまでもこちらの要求を伝えるべきです」

弓削はかぶりを振って言った。

「向こうの事情を斟酌《しんしゃく》しているわけではありません。最悪の事態を想定しなければならないということです」

竜崎は、眉《まゆ》をひそめた。

「最悪の事態……？」

「そうです。マスコミが集まってくれば、当該マンションの住人をはじめとする近所の人々も異変に気づくでしょう。早朝のテレビニュースなどで事件を知った近隣の住民がパニックを起こす恐れもあります。夜が明ければ、野次馬も集まってくるでしょう。犯人は、猟銃と実弾を所持しているのでしょう？　マスコミや野次馬に向けて発砲でもされたら、大惨事になりかねません」

竜崎は、弓削が言っていることを無言で検討していた。

マスコミと野次馬がマンションを取り囲んでいる。そこに犯人が散弾を立て続けに撃ち込む。人々が鮮血を撒《ま》き散らして倒れる。そして、周囲は騒然となる。

そんな光景を想像した。

弓削が言っていることは、少々おおげさかもしれない。だが、彼が言うとおり、警察は最悪の事態に備える必要がある。

竜崎は言った。

「たしかに、最悪の事態を想定しておくことは必要ですね」

「想定するだけではなく、それに対処しなければなりません」

弓削の言いたいことはわかった。

「つまり、機動隊を導入したいということですね？」

「はい。そして、第七機動隊の銃器対策レンジャー部隊も呼ぶべきです。彼らは、こういう事態のために組織されたのです」

ここは冷静に対処すべきだと、竜崎は思った。

伊丹は、刑事部長という立場から、あくまでも刑事部所属のＳＩＴで事案に対処したいと考えている。そして、それが可能だという自信があるに違いない。

一方で、弓削は銃器を所持した犯人の立てこもり事件ということで、テロの側面もあると考えているようだ。テロということになれば、警備事案でもある。

警備事案となれば、本人が言っていたように、指揮権は警視庁本部ではなく、方面本部長にあるのだ。

どうやら、弓削本部長は、伊丹に代わってこの指揮本部の主導権を握りたいと考えているようだ。

なんのためにそんなことが必要なのだろう。竜崎は不思議に思った。主導権を握るということは、自ら責任を負うということだ。

面倒なことが増えるだけだ。もちろん、竜崎は、どんな場合でも責任を取る覚悟がある。それが警察官僚というものだと竜崎は思っている。

だからといって、よけいな責任まで背負い込もうとは思わない。弓削は、実績がほしいのかもしれない。

やるべきことをやってさえいれば、特に大きな実績など必要はない。公務員はそういうものだ。だが、たしかに手柄にこだわるタイプは官僚の中にもいる。

弓削もそういうタイプのようだ。往々にして、その類《たぐい》の連中はどんな場合でも主導権にこだわるのだ。

竜崎は言った。

「具体的には、どういうふうに対処しますか？」

「機動隊に周囲を固めさせ、規制線を張ります。マスコミも野次馬も、決して当該マンションには近づけません」

「機動隊を配備するとなると、いよいよマスコミや世間の眼を引くことになります」

「すでに現場を知られているのでしょう。もう、そんなことを言っている場合ではないと思います」

その言い分にも一理あると、竜崎は思った。伊丹は、まだ電話をかけている。

「指揮本部長は伊丹刑事部長です。彼に無断で機動隊を導入する決断をすることはできません」

「その決断をするのは、私の役目です」

竜崎は、弓削を見た。

「たしかに、警備指揮権は方面本部長にありますが……」

「犯人は猟銃と実弾を所持しているのでしょう？　迷っている暇はありません」

警備指揮権は自分にあると言ったり、迷っている暇はないと言いながら、機動隊に連絡しようとはしない。

本気で機動隊を呼ぶ必要があると考えているのなら、すでに独断で呼んでいるはずだ。自分ならそうする、と竜崎は思った。

そこまで腹をくくっていないということか……。

伊丹が電話を切った。

「今さら協定は無理だということだ。自粛を呼びかけたが、対応が後手に回ったのは否定できない」

竜崎は伊丹に言った。

「そうなってしまったものは、仕方がない。これからの対応を考えなければならない」

「どうする？」

「マスコミはほどなく現場に殺到してくるだろう。住宅街の狭い路地に中継車がずらりと並んで、道をふさいでしまいかねない。野次馬も集まるだろう。ここは機動隊の手を借りて、きっちりとした規制線を張るべきかもしれない」

「規制線なら、おまえのところの署でなんとかできるだろう」

弓削が伊丹に言った。

「犯人は、猟銃と実弾を所持していると見られています。それをお忘れなく」

伊丹は不機嫌そうに言った。

「忘れてはいないさ」

「では、機動隊と銃器対策レンジャーを呼んでよろしいですね」

弓削は、指揮権を発動したくてたまらないらしい。

伊丹は、竜崎を見た。竜崎は言った。

「警備指揮権は、方面本部長にある。これが警備事案だという解釈なら、おまえではなく方面本部長が判断すべきだ」

伊丹は、弓削に言った。

「わかった。いいだろう」

弓削は勝ち誇ったような表情を浮かべた。

「ただし」

伊丹が言葉を続けた。「犯人との交渉やその他の捜査については、ＳＩＴ主導で行う。いいな」

弓削がうなずいた。

「承知しました」

弓削はさっそく連絡を取りはじめた。

伊丹は、竜崎に言った。

「これはテロじゃない。あくまでも刑事事件だ」

「犯人が銃器と実弾を所持しているという情報があるんだ。銃器の専門部隊が対処するのは当然のことじゃないのか？」

「そう単純じゃないんだよ」

「単純に考えるべきだ。へたに物事を複雑にするから解決できるものも解決できなくなる」

「おまえは、シンプルでいいよな……」

その時、加賀がまた電話を受け、竜崎に報告した。

「下松洋平の母親の所在がわかりました」

竜崎は尋ねた。

「部屋にいるんじゃないのか？」

「当直で勤務先にいるそうです」

「当直？」

「はい。下松洋平の母親、下松優子《ゆうこ》は、病院につとめており、昨夜から今日の朝にかけて当直勤務で自宅を空けてました」

伊丹が加賀管理官に尋ねた。

「病院で当直？　看護師か？」

「いいえ、医師だそうです」

「医者……。女医か……」

「そういうことですね」

「話は聞けたのか？」

「はい。捜査員が勤務先の病院で所在を確認して、話を聞きました」

「それで……？」

「息子がそんなことをするはずがない。彼女はそう言ったそうです」

伊丹は眉間《みけん》にしわを刻んだまま言った。

「誰でもそう言うだろう。まさか、自分の子供が殺人事件を起こして、さらに略取・誘拐事件の真っ最中だなんて、想像もしないだろうからな」

竜崎もそう思った。

自分の子供が犯罪者となったと聞いて、すぐに納得できる者は少ないだろう。竜崎もそうだった。息子の、麻薬所持・使用を知ったとき、にわかには信じられなかった。同時に、常に子供が何か問題を起こすのではないか、犯罪に巻き込まれるのではないかと、心配しているのも事実だ。

親というのは、そういうものかもしれない。

竜崎は尋ねた。

「取り乱した様子は？」

「捜査員の話だと、戸惑っていたということです」

取り乱す前に戸惑う。それも普通の反応に思えた。

竜崎は、さらに尋ねた。

「その母親は、今どこにいる？」

「ＳＩＴの前線本部に向かっているそうです。説得に協力してもらうことになっています」

それを聞いた伊丹が言った。

「説得は、いつ始めるんだ？」

「今、前線本部で、犯人との接触を試みているところです」

「犯人が自宅に立てこもっていることがわかってから、どれくらい時間が経《た》ったんだ？　まだ犯人と接触できないのか？」

加賀管理官が説明した。

「現場に誰がいるのかわからないので、接触を避けておりました。特に母親が現場にいるかどうかが問題でした。母親の所在が確認できてから接触および説得を開始することにしていたのです」

「では、接触の試みは始まったばかりなのか？」

「そういうことになります」

「それで手遅れにならないのか？」

「前線本部の判断です」

誘拐や立てこもりに対処する専門家集団であるＳＩＴの判断ということだ。伊丹も納得した様子だった。

加賀管理官が、竜崎のほうを向いて、さらに報告を続けた。

「捜査員が、元夫の下松忠司について尋ねたのですが、間違いなく猟銃と散弾を所持していたということです。下松忠司は、クレー射撃が趣味だったらしいです」

伊丹が言った。

「それを、息子の洋平が持ち出したというわけか……」

加賀管理官がうなずく。

「そういうことだと思います」

「離婚しても、同じ姓なのだな……」

伊丹がぽつりとつぶやく。竜崎は思わず聞き返した。

「何だって？」

「いや、下松洋平の父親は、下松忠司だ。母親は下松優子。離婚したら、復氏するのが普通だと思っていたが……」

「離婚後も結婚時の姓を名乗る人は少なくない。離婚後三カ月以内にその旨《むね》の届けを出せばいいんだ」

「それはわかっているが……」

伊丹は、かつて、事実上の別居状態だと言ったことがあるが、今でもそれが続いているのだろうか。

だから、離婚後の姓のことなどが気になるのかもしれないと、竜崎は思った。

「おそらく子供のためだろう。姓が変わるのは、影響が大きい。仕事のためもあるかもしれない。医者の姓が変わったら、患者が混乱するだろう」

「なるほどな……」

弓削方面本部長が言った。

「つまり、猟銃の存在が証明されたということですね。犯人がそれを所持しているとは、すでに明らかになったと考えるべきでしょう」

伊丹は不機嫌そうに言った。

「誰もそれを否定したりはしてない」

竜崎は、加賀管理官に尋ねた。

「誰か、猟銃を目撃した者はいるのか？」

加賀管理官は一瞬、怪訝《けげん》そうな顔をした。

「まだ、そういう報告は聞いておりませんが……」

弓削がうんざりしたような調子で、竜崎に言った。

「目撃情報など必要ないでしょう。もはや、下松洋平が銃を持って人質を取り、立てこもっていることは明らかですよ」

そのとき、指揮本部に戸高と根岸が入ってくるのが見えた。夜回りを終えたようだ。

彼らは、伊丹や弓削の姿に気づいて、講堂の後ろのほうに行った。

竜崎は彼らに近づき、戸高に声をかけた。

「何すか？」

「夜回りはどうだった？」

「根岸はタフで、しかも我慢強いですね」

「我慢強い？」

「俺は、生意気なガキどもを、何度かぶん殴ってやりたいと思いましたよ」

「なるほど、おまえは少年係には向かないかもしれないな」

戸高は、伊丹のほうを見て言った。

「この時刻に、刑事部長ですか……。何かあったんすか？」

「下松洋平が、寺川真智子を人質に取って、自宅に立てこもっていることがわかった」

「自宅に……？」

「下松の母親は、勤務先の病院で所在が確認された。当直医だった」

「へえ、なんか意外ですね。犯人の母親が医者だったというんですか？」

「そういうことだ。今、その母親は前線本部に向かっている」

「へえ……」

竜崎は、根岸をちらりと見てから言った。

「しばらく休んだらどうだ？」

「俺は平気ですよ」

二人の会話を聞いていた根岸が言った。

「私もだいじょうぶです」

「無理をするともたない。捜査員の多くも仮眠を取っているはずだ。今のうちに休んでおけ」

戸高が根岸に言った。

「あんた、寝てな」

竜崎は戸高に尋ねた。

「おまえは、どうする気だ？」

戸高は、竜崎の顔に眼を戻して言った。

「俺、その母親の話を聞いてきたいんですが……」

「母親の話を？　なぜだ？」

「興味があるからですよ」

竜崎はしばらく考えてから言った。

「いいだろう。前線本部には話を通しておく」

戸高が言った。

「じゃあ、今から行ってきます」

そのとき、根岸が言った。

「私も同行させてください」

戸高が顔をしかめる。竜崎は言った。

「面倒を見るんだろう」

戸高は、何も言わず出入り口に向かった。根岸は、竜崎に一礼してそのあとを追っていった。

14

午前五時になり、殺人捜査を担当している岩井管理官が、指揮本部に戻ってきた。明らかに寝起きで、髪が乱れている。

彼は、出入り口から数歩入ったところで、伊丹と弓削方面本部長に気づき、とたんに気をつけをした。

悪夢を見ているような表情だった。どうしていいかわからない様子だ。

伊丹が、岩井に気づいて言った。

「岩井管理官、そんなところで突っ立って、何をしている？」

「は……」

「君が殺人事件のほうを担当しているんだな？」

「はい。そうです」

「いいところに来た。殺人のほうの捜査について説明してくれ」

「りょ、了解しました」

岩井管理官は、ひな壇の伊丹の前まで歩み出て、再び気をつけをした。

「楽にしていい」

そう言われても、なかなか楽な姿勢はできないだろうと、竜崎は思っていた。そして、伊丹の隣には竜崎がいる。さらにその隣には、弓削方面本部長がいた。そして、その弓削には、野間崎がコバンザメのようにぴったりと張り付いている。

竜崎は、緊張しきっている岩井管理官に助け船を出してやることにした。

「略取・誘拐および立てこもり事件のほうは、SITが対応している。殺人捜査のほうの、これまでの経緯を報告してくれ」

「はい。事件発生は……」

伊丹が顔をしかめて言った。

「そこはいい。犯人が逃走に使ったと思われる車両が、現場近くで発見されたのだったな？」

「はい」

「そこから報告してくれ」

岩井は、ごくりと喉《のど》を動かしてから言った。

「車両は、池上通りの上り車線で発見されました。現在、鑑識が詳査しております。運転席と助手席に血痕《けっこん》があり、分析を急いでおります」

伊丹が質問した。

「車両は、いったん神奈川方面に向かったんだったな？」

「そうです」

「その後、現場に引き返してきたわけだ。その理由は？」

「不明です」

「その後、犯人は人質を連れて、自宅に戻ったというわけだな……」

伊丹が独り言のように言うと、岩井管理官は、うろたえたように竜崎を見た。

竜崎が言った。

「先ほど、人質が所持する携帯電話から友人に向けてメールがあった。犯人宅に監禁されているという内容だった。前線本部が下松の自宅マンション付近に移動した。また、同居している下松洋平の母親の所在が確認された。彼女は、勤務先の病院で当直医をしていた」

「医者なのですか？」

「そうらしい。前線本部では、交渉を試みている最中だろう」

岩井は、壁際《かべぎわ》に置かれたスピーカーのほうを見た。

そこには、捜査員が何人か詰めている。スピーカーは前線本部の電話と接続されており、会話の内容を聴くことができる。

「そうでしたか……」

岩井は、仮眠したことを後ろめたく感じている様子だった。竜崎は言った。

「これらの動きは、すべて加賀管理官の略取・誘拐対策班が把握している。だから、何の問題もない。君は、殺人捜査に専念してくれれば、それでいい」

「は……」

「いくつかの疑問点があったな」

竜崎のその言葉に、伊丹が聞き返した。

「疑問点?」

岩井は気を取り直したように話しはじめた。

「まず、凶器についてです。凶器は、刃渡りの長い刃物ですが、下松洋平は、寺川真智子、中島繁晴両者に会ったときに、すでに猟銃を入手していたと見られています。猟銃を持っていたのに、わざわざ刃物に持ち替えて中島を殺害したのはなぜか……」

伊丹は眉をひそめた。

「猟銃を使用すると事件がすぐに発覚するからじゃないのか? 発砲するだけで、大事になってしまう。下松はそれを嫌ったのだろう」

竜崎は言った。

「そういう意見はすでに出ている。だが、それも不自然な気がする」

「不自然？　どうして？」

「下松は、中島繁晴殺害を計画していたわけではない」

伊丹が怪訝な顔で竜崎を見る。

弓削方面本部長と、野間崎も同じような表情をしている。

竜崎は説明した。

「下松は、中島繁晴が現場にやってくることは知らなかったはずだ。彼は寺川真智子を呼び出したんだ。寺川真智子が、一人で下松に会いにいくのが恐ろしくて、交際相手である中島に同行を頼んだということだろう」

「下松は、中島の姿を見て、逆上して殺害したんじゃないのか？」

「それなら、猟銃を使うだろう。わざわざ刃物に持ち替えるほど冷静なら、殺害していないと思う」

「どうだろうな……」

伊丹は考え込んだ。「微妙なところだな」

「第一、現場に刃物など持っていく必要はなかったはずだ。下松は、寺川真智子と話がしたかったんだ」

「思い通りにならなければ、脅そうと考えていたのだろう」

「脅すには、猟銃があれば充分だ」

「無理心中をするつもりだったとか……」

「加賀管理官や前線本部の葛木係長は、それを心配しているようだ。略取・誘拐事件の担当者としては、当然の配慮で、俺もそれを心配していた。だが、考えてみろ。無理心中するにしても、猟銃のほうが手っ取り早いだろう」

伊丹は、しばらく考えてからこたえた。

「何事も、おまえが考えるように合理的にはいかないさ。犯人は刃物と猟銃の両方を持っていた。そして、たまたまナイフを使った……。そういうことじゃないのか？」

竜崎は驚いて言った。

「刑事部長が捜査において、たまたまなんて言葉を使うのか」

伊丹は、ふてくされたように眼をそらした。

「そういうことだって、世の中にはあるだろう」

「物事には理由があって結果がある。刑事はいつも、それを念頭に置いて捜査しなければならないんじゃないのか」

「じゃあ、犯人が猟銃じゃなくて、刃物を使った理由は何なんだ？」

「それを今、考えているところだ」

「なんだ、結局わからないんじゃないか」

「疑問点を明らかにしておくのは重要だ」

「他に何かあるのか？」

「おまえが指摘した、謎《なぞ》のUターンだ。犯人と人質が乗ったと思われる車両は、いったん神奈川方面に向かった。逃走を試みるんだったら、そのまま西に向かって進むのが自然だ。だが、当該車両は、現場付近に戻ってきていた。その理由がわからない」

「戻って来て、下松の自宅に立てこもったわけだな……」

「それについて、加賀管理官らが言ったことが気になっていた」

「何だ？」

「死に場所を探しているのではないか、と……」

「やはり、無理心中か……」

「下松は、現場の近くで生まれ育っている。寺川真智子は、下松と高校の同級生で、現住所が大森北四丁目だから、彼女も昔からそのあたりに住んでいたのだろう。つまり、下松にとって、このあたりが、二人の思い出の場所である可能性がきわめて高い」

伊丹はうなった。

「片思いの相手の交際相手を殺害し、無理心中か……。それは最悪のシナリオだぞ。マスコミがまた大騒ぎする」

竜崎は言った。

「マスコミのことなど、どうでもいい」

伊丹が小さく溜《た》め息《いき》をついた。

「俺の立場だと、そうも言っていられない」

「犯人の検挙に集中してくれ」

「わかってるよ。他に疑問点は？」

「ある捜査員が、乗り捨てられた車を見て感じたことなんだが、ずいぶんぞんざいに駐《と》めてあったので、違和感があったということだ」

「ぞんざいに駐めてあった？」

「そう。急いで駐車したときに、そういう状態になる。犯人は、何をそんなに急いでいたのだろうと、その捜査員が言っていた」

「人を殺した直後だ。動転していたんだろう。当然、駐車の仕方も雑になる」

「ただそれだけだろうか。謎のUターンと併せて考えるべきじゃないかと思うんだが……」

「普段から雑な駐車をするやつは、いくらでもいる。考え過ぎなんじゃないのか？」

「これは、いつも言うことなんだがな……」

「何だ？」

「一般に、考え過ぎと言われる場合は、たいてい、考えが足りないときなんだ」

「疑問点は、それだけか？」

伊丹に尋ねられて、竜崎は岩井管理官に確認した。

「以上で間違いないな？」

伊丹と竜崎が二人で会話を進めていたので、ほったらかしにされた形になっていた岩井管理官が、慌《あわ》ててこたえた。

「はい。今のところは……」

伊丹がうなずいた。

「わかった。引き続き、捜査に当たってくれ。略取・誘拐、立てこもり犯だが、殺人での立件も重要だ」

岩井は伊丹にそう言われて、表情を引き締めた。

そのとき、加賀管理官の声が響いた。

「犯人らしい人物と、電話が通じました。スピーカーに出ます」

伊丹が真っ先に立ち上がった。席を離れ、壁際のスピーカーに近づく。次に竜崎が続き、そして、弓削方面本部長が続いた。

弓削にはやはり、野間崎がぴたりとくっついている。

スピーカーの前にいた捜査員たちが、場所を空けた。そこに、伊丹や竜崎たちが進み出る。

大型スピーカーから声が聞こえてくる。

「警視庁の葛木といいます。そちらは、下松洋平さんで間違いないですね？」

「電話なんか、かけてこないでよね」

押し殺したような声だ。

葛木が、もう一度尋ねた。

「下松洋平さんですか？　寺川真智子さんもいっしょですね？」

「今後、電話をかけてきても出ないからね」

「何かほしいものはないですか？　困っていることがあったら言ってください」

「別にないから」

電話が切れた。

竜崎は時計を見た。警察官は、何かあると時間を確認する癖がついている。

時刻は、午前五時二十分だ。まだ、多くの捜査員が仮眠を取っている。指揮本部に残っているのは当番や管理官を含めて、二十名ほどだ。

伊丹が加賀管理官に尋ねた。

「電話に出たのは犯人なのか？」

「確認できていませんが、おそらく間違いないものと思われます」

「自宅の固定電話に出たのか？」

「いいえ、固定電話にかけましたが、応答がないので、下松洋平の携帯電話にかけました。今までは電源が切れていたのですが、明け方になって入れたものと思われます。メールでも確認したかったのでしょう」

竜崎は確認した。

「今のは、下松の携帯電話なんだな？」

「そうです」

連絡係が、加賀管理官に告げた。

「前線本部、葛木係長から電話です」

「失礼します」

加賀は伊丹と竜崎に断ってから、近くの受話器を取った。

「どうした？」

それから、彼は相手の話にじっと耳を傾けていた。

「ちょっと待て」

加賀管理官は、電話を保留にして、竜崎たちに言った。「どうも勝手が違うと、葛就木が言っています」

伊丹が聞き返した。

「勝手が違う？　どういうことだ？」

竜崎は言った。

「相手が電話に出たがらない。そういうことだな？」

加賀管理官がこたえた。

「そういうことです」

伊丹がまた、怪訝な顔をする。

「立てこもり犯が電話を嫌うのは、よくあることじゃないのか？」

「口ではそう言っていても、実は連絡を待っているものなんだ」

加賀管理官がうなずく。

「立てこもり犯は、警察が駆けつけた段階で、自分が絶望的な状況にあることを知っているのです。そこから抜け出すには、要求を突きつけるしかないと考えるのが普通です」

伊丹が加賀管理官に言う。

「強気な犯人なら、警察のことなど無視しようとするだろう」

「強気だろうが弱気だろうが、電話を拒否することはほとんどありません。だからこそ、こちらから電話をかけ続けることが必要なのです」

竜崎は尋ねた。

「まだ、電話はつながっているか？」

「はい」

「代わろう」

加賀管理官が、保留を解除して受話器を竜崎に差し出した。

「大森署の竜崎だ」

「特殊班の葛木です」

「スピーカーで通話は聞いた。立てこもり犯が、最初の会話で、電話をかけてくるなと言うのはよくあることなのではないか？」

「そのとおりです」

「なのに君は、今回は勝手が違うと言っているらしいな」

「はい」

「それは、なぜだ？」

「電話をするなというのは、たいていは、はったりで、本当は話をしたがっているものなのです。でないと、不安で仕方がないのです。しかし、今の相手は、本当に電話を迷惑がっているようでした」

「確かだな？」

「私はこれまで、多くの訓練を積んできましたし、経験もしました。その上で感じたことです」

竜崎は、慎重に言葉を選びながら言った。

「私にも同じような経験がある。ある立てこもり事件だ。犯人と思われていた人物が電話に出たが、そのときも、電話で話すことを嫌がっていた。結局、それは犯人ではなく、人質と見られていた夫婦がすべてを計画した、という事件だった」

「その事案は、存じております。特殊犯第二係の下平《しもひら》が担当した件ですね？」

「立てこもり犯が電話を拒否していると聞くと、私はどうしてもその事案を思い出してしまう」

一瞬の間があった。

「実は、私も同様です。ですから、加賀管理官に電話連絡をいたしました」

竜崎は、受話器を握った手ににじわりと汗がにじむのを感じた。

「わかった。他に何か？」

「固定電話に出なかったのに、携帯電話に出たというのが気になります。何か理由があるかもしれません」

「了解した」

「電話をかけ続けますか？」

「そちらの判断でやってくれ」

「了解しました」

竜崎は電話を切った。

伊丹が竜崎に言った。

「おまえが今言った事件は、俺もよく覚えている。野間崎管理官、君も覚えているはずだ」

突然名を呼ばれて、野間崎は慌てた様子だった。

「はい、覚えております」

伊丹がさらに竜崎に言う。

「おまえは、今回もあのときと同じだと言いたいのか？」

竜崎は考え込んだ。

「わからない。だが今回は、殺人事件にしろ、略取・誘拐事件にしろ、不可解な点が多いように思う」

「何が不可解だ。ストーカー行為の末に、ストーカー対象者の交際相手を殺害、さらにその対象者を略取・誘拐して自宅に立てこもった。実に単純明快な事件だ」

「大筋を見ると、そう見える。だが、その大筋と細部が一致しない」

その時また、電話が鳴り、受話器を取った連絡係が大声で告げた。

「第六機動隊一個小隊、および銃器対策レンジャーが現着しました」

竜崎はまた時計を見た。午前五時半だった。

それまでじっとおとなしくしていた弓削方面本部長が言った。

「警備指揮となれば、私の出番ですね。機動隊の小隊長と、銃器対策レンジャーの班長に、ここに連絡をするように言ってください」

連絡係がこたえた。

「了解しました。無線のチャンネルを確保します」

弓削方面本部長は、満足げにうなずくと、窓際にある無線機に歩み寄った。無線の前にでんと腰を下ろすと、野間崎がそれに駆け寄った。

伊丹がそれを見て、小さく舌を鳴らした。

「突入はあくまで、最後の手段だぞ」

「わかっている」

竜崎はそうこたえながら、珍しく不安に駆られていた。

どうにも、すっきりしない。もやもやとしたまま、事態が推移している。早急に、事件全体を見直す必要がある。だが、何をどう見直せばいいのかわからないのだ。

こういうときに頼りになるのは、現場の捜査感覚に優れた人材だ。

竜崎は、携帯電話を取り出し、戸高にかけた。

15

電話はすぐにつながった。

「はい、戸高」

「竜崎だ。今話せるか？」

「だいじょうぶです」

「下松の母親から話は聞けたのか？」

「ええ」

「それで、どんな様子だ？」

「戸惑ってますね」

先ほど、加賀管理官から同じことを聞いた。竜崎は言った。

「まさか、息子が犯罪者になるなど、想像もしていなかっただろうからな。戸惑うのは当然だろう」

伊丹も同じようなことを言っていたのを、竜崎は思い出した。

戸高が言った。

「いや、何というか、そういうんじゃなくて、本当に戸惑っているんです」

「何を言ってるんだ？」

「彼女は、自分の息子がそんなことをするのは考えられないと言っています」

「犯罪者の肉親は、たいていそう言うだろう。下松は、寺川真智子にストーカー行為をはたらいていたんだ」

「それが、どうも妙な具合でして……」

「妙な具合……」

「母親は、下松洋平がストーカー行為などしていなかったと言っています」

「知らなかっただけだろう。あるいは、自分の息子をかばっているんだ」

「いや……。そんな様子じゃないんですよ」

「そんな様子じゃないというのは、どういうことだ」

「きっと署長も直接話を聞けば、そう思いますよ。つまり、下松洋平が寺川真智子を誘拐し、彼女の交際相手を殺害し、さらに自宅に立てこもるというのは、それまでの彼の生活パターンなどから、およそかけ離れているんです。どうも、バイト先に親しい女性もいたようですし」

竜崎の不安が募った。

何かが間違っている。そんな思いが強まっていった。

「下松の犯行でない可能性があるということか？」

「それは何とも言えませんね。下松洋平が電話に出て、ＳＩＴの係員と会話をしているのは事実なんですが……」

「会話の内容を聞いたのか？」

「ええ。前線本部にいますからね」

「たしかに、下松は電話に出た。だが、どうも気になる」

「気になる？　何がですか？」

「以前、大森署管内であった立てこもり事件を覚えているな？」

「もちろん覚えています。そして、自分も同じことを考えていましたよ」

「つまり、犯人だと思っていた人物が犯人でない可能性があると……」

「ストーカーの件ですがね……。根岸がそれについて気になることを言っています」

「何だ？」

「本人に代わります」

しばらくして、根岸の声が聞こえてきた。

「電話、代わりました」

「下松のストーカーの件で、君が気になることを言っていると、戸高が言っているが……」

「下松のストーカーの件とおっしゃいましたが、それは確認されておりません」

「何だって？　それはどういうことだ？」

「寺川真智子が、大森署にストーカーの相談をしていたことは確認できました。しかし、誰にストーカーをされていたのかは、まだ確認が取れていないのです」

「誰にストーカーされていたのか、確認していない……」

思わず鸚鵡《おうむ》返《がえ》しにつぶやくと、その言葉に伊丹が反応するのがわかった。

竜崎は根岸に確かめた。

「つまり、ストーカーが下松ではない可能性もあるということか？」

「こういう状況ですから、下松がストーカーでないとは考えにくいです。しかし、それが確認されているわけではありません」

「今日、担当の係員に、詳しく話を聞く予定だったな？」

「はい。できるだけ早く話を聞こうと思っています」

「相手はわかっているんだな？」

「はい。同じ生安課の係員です」

「すぐに連絡を取ってくれ」

午前五時四十分だ。だが、それを確認することは急務に思われた。時間にこだわっている場合ではない。

根岸も、事情を察知した様子で、即座にこたえた。

「了解しました」

「では、戸高に代わってくれ」

すぐに戸高の声が聞こえてきた。

「代わりました」

「しばらくそこにいてくれるか。話がしたい」

「署長がこっちに来られるということですか？」

「そうだ」

「話なら、俺たちがそっちに行ったほうがいいでしょう。こっちは、マスコミがいるし、機動隊も来て、ちょっとした騒ぎですよ」

「だからこそ、そっちに行きたい」

「まあ、お好きにどうぞ。待てと言われれば、いつまでも待ってますよ」

「これからすぐに、ここを出る」

「了解」

戸高の発音は、「りょーーかい」というふうに間延びして聞こえた。竜崎が電話を切ると、すかさず伊丹が質問してきた。

「ストーカーが下松でない可能性があるとか言ってたな」

「ああ」

「電話の相手は誰だ？」

「生安課の根岸という係員だ。寺川のストーカー被害について調べるように指示していた。直接寺川真智子から話を聞いた者にまだ会えておらず、今日話を聞く予定だったらしいが、それを待っている余裕はなくなったと思ったので、すぐに電話するように言った」

伊丹が眉《まゆ》をひそめる。

加賀、岩井の二人の管理官も、理解できないような顔をしている。

伊丹が言った。

「確認するまでもなく、下松がストーカーだろう。そうでなければ、こんな事件は起きなかったはずだ」

「確認する必要はある」

竜崎は、立ち上がった。伊丹が、非難めいた顔で言う。

「そっちに行くとか言ってたが、どこに行くつもりだ」

「前線本部だ」

伊丹がしかめ面《つら》になった。

「またか……。おまえは、どうして前線に行きたがるんだ？」

「別に行きたいわけじゃない。その必要があると思うから行くんだ」

伊丹は悔しそうな顔をしている。彼は、たまにマスコミを蔑視《べっし》したようなことを言うが、それはポーズで、本当は常にマスコミうけを狙《ねら》っているのだ。

前線本部に顔を出せば、当然その場に集まっているマスコミの注目を浴びる。本当は、指揮本部に詰めていることのほうがずっと重要なのだが、前線本部に来てマスコミに姿を見せるほうが陣頭指揮を執っているような印象を与える。

伊丹はそれが悔しいのかもしれない。加えて、警備指揮権は方面本部長にあるので、伊丹は機動隊に指示を出すこともできない。

へたをすると、いっしょに前線本部に行くと言い出しかねないので、竜崎は急いで出入り口に向かった。

いついかなるときでも、号令の当番がいて、幹部の入室と退出のときに「起立」の号令がかかる。

こんなときには省略していいのにと思いながら、竜崎は指揮本部を出た。

公用車で現場に近づくと、道はマスコミで混雑していた。中継車が車道をふさぎ、カメラとライトが歩道をふさいでいる。

報道合戦のせいで、二次的被害が起きかねない。竜崎は、現場に来るたびにそう思う。

かといって、言論の自由を封じることはできない。節度を期待するしかないのだが、抜いた抜かれたしか頭にないマスコミに、それを期待するのは無駄だと思っていた。

心あるジャーナリストはいる。真のジャーナリズムがどのようなものであるかを知っている記者もいる。だが、その声は、商業主義の前には無力だ。

そして、マスコミの輪の中には、機動隊の隊列があった。機動隊が配備されたことで、規制線が広がり、その結果、マスコミが現場から遠ざかることになった。

それだけでも、機動隊を配備した意味はあるのではないか。

ゆっくりと進む公用車の中で、竜崎はそんなことを思っていた。

「これ以上は、進めないようです」

運転手役の係員が言った。

「わかった。ここで下りる」

「車はどうしましょう」

「近くで待機していてくれ。必要になったら連絡する」

「了解しました」

竜崎は車を下りた。

そこは、規制線の中で、マスコミに取り囲まれることはなかった。その代わり、すぐに機動隊員がやってきた。

竜崎は、手帳を出して掲げた。

「大森署の竜崎だ。前線本部に用がある」

機動隊員は皆若い。その隊員の顔に目をやると、まるで少年のように見える。もちろん少年のはずはない。それほど純朴な顔つきをしているのだ。

彼は敬礼をして言った。

「では、ご案内します」

きびきびとした口調だ。踵《きびす》を返すと、彼は隊列の脇《わき》を進んでいった。竜崎は、その後に付いていった。

マイクロバスが停車していた。ＳＩＴの指令車だ。

「ご苦労」

竜崎が言うと、若い機動隊員は敬礼をして去っていった。

マイクロバスのドアをノックすると、すぐに開いた。戸高が顔をのぞかせた。

「本当にいらしたんですね」

「もちろんだ」

指令車に乗り込んだ。前線本部となる指令車には何度か乗ったことがあるが、そのつど車種も違えば内装も違った。

このマイクロバスは、片側の座席を全部取り払い、そこに無線や電話、パソコン、その他さまざまな機器が置かれていた。

オペレーターがその前に座り、戸高たちは立ったままだ。

出動服に防弾ベストを着けた男が歩み寄ってきて言った。

「特殊班の葛木です。おいでになるなら、そうおっしゃっていただければ……」

困惑している様子だ。

「邪魔をしにきたわけじゃない。ここにいる戸高と話をしに来ただけだ。現場の指揮は君に任せる」

葛木は驚いた顔で言った。

「署長は、指揮本部の副本部長のはずでは……」

「そうだが、君はエキスパートだ。専門の訓練を積んでいない私が、余計な口を出すべきじゃない」

「署長は、噂《うわさ》通りの方ですね」

「どんな噂か知らないが、噂など無闇《むやみ》に信じるもんじゃない。それで、状況は？」

「犯人に電話をかけ続けています。ですが、あれ以来、応答がありません」

「機動隊はどうなっているんだ？」

葛木が苦い顔になった。

「ことは連絡を取っておりません。直接指揮本部と連絡を取り合っているようです」

竜崎はうなずいた。

「弓削方面本部長が指揮している。警備指揮権は、方面本部長にあるからな。銃器対策レンジャーの連中も来ているはずだ」

「そのようですね。やはり、ここには連絡が入っていません」

「前線本部と連絡を密にしないと、大きな事故につながりかねない」

「自分もそう思います」

竜崎は、携帯電話を取り出して、指揮本部にかけた。

「竜崎だ。弓削方面本部長を頼む」

「お待ちください」

しばらく待たされた。

「はい、弓削です」

「今、前線本部にいます。機動隊や銃器対策レンジャーがここと連絡を取り合っていないのは問題だと思います」

「おや、警備事案は私にお任せいただけるものと思っていましたので……」

「刑事だ警備だと言っている場合ではありません。全員が協力し合って解決しなければならないのです」

「たしかにそうですね。では、前線本部も私の指揮下に入るということですね？」

この男は、ちょっと権力を与えると、どこまでも増長するタイプかもしれない。釘《くぎ》を刺しておかなければならない。

「いいえ。あくまでも指揮本部長は伊丹刑事部長で、私が副本部長です。私が前線本部にいる限りは、ここは私の指揮下にあるということです」

「しかし、警備指揮権は……」

「たしかに、機動隊と銃器対策レンジャーはあなたの指揮下にあります。しかし、あなたは伊丹と私の指示に従わなければなりません」

「いえ、警備指揮権は独立しているはずです。警備事案については、私は伊丹部長やあなたの指示に従う必要はないのです」

ここで言い合いをしていても仕方がない。

「とにかく、今は不用意に、機動隊や銃器対策レンジャーを動かさないようにお願いします」

「おや、竜崎署長にお願いされては断れないですね。わかりました。しばらく様子を見ましょう。ただし、時間は限られています。犯人は銃を所持しています。ぐずぐずしていると、死傷者が出る恐れがあります。突入が必要と判断したら、ただちに実行します」

「突入は最後の手段です。交渉が第一です」

「承知しております。私は最終手段に備えることにします」

竜崎は電話を切って、葛木係長に言った。

「弓削方面本部長は、警備指揮権が独立していると主張している。前線本部と連絡を取り合うつもりはないようだ。だが、突入はあくまで最終手段だと釘を刺しておいた」

「犯人の説得につとめます」

「頼む」

竜崎は続いて、根岸に尋ねた。

「ストーカー相談の件はどうだ？」

「今しがた連絡が取れました」

「ストーカーは、下松だったのか？」

「名前は間違いなく下松洋平でした」

「名前は……？」

「はい。しかし、詳しく聞くと、どうもその人物が下松洋平とは思えないんです」

「詳しく説明してくれ」

「相談の内容は、ごく一般的なストーカー被害だったそうです。待ち伏せをされたり、しつこくメールや電話をよこしたり……。当然、担当者は、相手の名前を聞きます。すると、寺川は、下松洋平だと告げたということです。しかし、どういう相手なのかと尋ねたら、会社の先輩であり、しつこくされてもきっぱり拒否することができないと言っていたらしいです」

「会社の先輩……。それは……」

戸高が言った。

「おそらく、殺害された中島繁晴なんじゃないですかね」

竜崎は戸惑った。

「どういうことだ……」

戸高がこたえる。

「寺川真智子にストーカー行為をしていたのは、中島だったのかもしれません」

「じゃあ、どうして署に相談に来たときに、寺川真智子は、下松洋平だと告げたんだ？」

「会社の先輩の名前を言いにくかったんでしょう。それで、咄嗟《とっさ》に同級生だった下松洋平の名前を出してしまったんだと思いますよ」

「咄嗟に名前を出した、だって？　それは意味がないな。届けを受理して調べはじめれば、すぐにストーカーの本当の名前がわかる」

「本当に咄嗟のことだったのでしょう。ありそうなことです」

「じゃあ、ストーカーは下松じゃなかったということか」

「彼のお母さんも、そう言ってます」

竜崎は、前方の座席に座っている中年女性を見た。

「あの人がそうだな？」

「下松優子さんといいます」

竜崎は、彼女に近づいて言った。

「大森署の竜崎です。少し、お話をうかがっていいですか」

下松優子は、顔を上げた。その眼差《まなざ》しはしっかりしていた。戸高は、彼女が戸惑っていると言っていたが、決して取り乱してはいないことがわかった。

彼女が何も言わないので、竜崎は質問を始めた。

「寺川真智子さんをご存じですか？」

「ええ。よく知ってます。高校時代の同級生でしたからね」

「彼女は、洋平君がストーカー行為をしていたと、署に相談にやってきたんです。そのことについて、何かご存じですか？」

「そこがわからないんです」

「わからない？」

「洋平は、寺川さんとは同級生だし、ご近所でしたけど、特に関心を持っていたというわけじゃなかったと思うんです」

「そういうお話は、よくなさるのですか？」

「話はしなくてもわかりますよ」

そういうものだろうか。子供の付き合いについて、竜崎はまるでわからない。だが、たしかに冴子は美紀と三村忠典とのことを把握している様子だ。どうやら、母親というのは、そういうものらしい。

「では、洋平君が寺川さんのストーカーになることなど、考えられないということですか？」

「ですから、どうしてこんなことになったのか、まるで理解ができないんです。高校のときだって、むしろ寺川さんのほうから家に遊びに来ていましたし……」

竜崎は、戸高に言った。

「どういうことだと思う？」

戸高が言った。

「なんか、この事件は妙だと思っていたんですよね」

「たしかにいくつかの疑問点はあったが……」

「いくつかの疑問点どころの騒ぎじゃないですよ。俺たちは、根本的に間違っていたかもしれない……」

16

竜崎は、思わず聞き返していた。

「根本的に間違っていた？　それはどういうことだ？」

「いくつか不自然な点がありましたよね。例えば、被疑者は銃を持っているのに、刃物で被害者を刺した、とか、いったん神奈川方面に逃走したのに、Uターンして、殺人現場近くに戻ってきた、とか……」

「それらについては、依然として謎《なぞ》のままだな……」

「確認が取れていないんですよ」

「確認……」

戸高は、ちらりと下松優子を見た。彼の意図を悟り、竜崎は言った。

「こっちへ来てくれ。葛木係長にも話を聞いてもらおう」

竜崎と戸高は、機材ブースになっている後方に移動した。根岸も二人についてくる。

竜崎は、葛木に言った。

「交渉のほうはどうだ？」

「固定電話と携帯電話の両方にかけていますが、出ません」

「これほど電話での会話を拒否するのは、異例なのだな？」

「そう申し上げていいと思います」

「この事案には、いろいろと奇妙な点がある。犯人が電話に出ようとしないことも、その一つだ。それについて、ちょっと話し合ってみたいのだが……」

「今は犯人との交渉が最優先だと思いますが……」

「実は、そうではないかもしれないと、私は思いはじめている」

竜崎は、戸高が自分のほうを見ているのに気づいた。おそらく、戸高も自分と同じことを考えているに違いないと、竜崎は思った。

葛木が眉をひそめた。

「交渉が最優先ではないと……。それでは、突入をお考えなのですか？」

「そうじゃない。この事案を最初から考え直さなければならないと思っているんだ。まずは、戸高の話を聞いてくれ」

竜崎にうながされて、戸高が言った。

「ええと……。どこから話せばいいですかね……」

「確認が取れていないと言ったな。何の確認だ？」

「まず、猟銃ですね。犯人は、猟銃を持っているはずなのに、中島を刃物で刺したんです。これについて、合理的な説明はまだ聞いていません。どう考えても不合理なんですよ。でもね、もしですよ、犯人が猟銃を持っていなかったとしたら説明がつくんです」

「猟銃を持っていない……」

「そう。犯人は、一発でも銃を撃ってますか？　誰か、犯人が銃を持っているところを見ていますか？」

竜崎は言った。

「たしかに、犯人は発砲をしていないし、誰も銃を見ていない。下松が猟銃を所持しているというのは、父親が銃の紛失届を出したという神奈川県警からの情報に基づく推測でしかない」

「でも……」

葛木は、戸惑った表情で言った。「十二ゲージの散弾も所持していると……」

「それも、確認された情報ではない」

戸高がさらに言った。

「それにですね、下松の車ですが、見つけたときにどうも違和感があったんです。その理由がわかったような気がします。目立つ場所に、目立つように駐車してあったんです。それで妙だと感じたんです」

葛木が尋ねる。

「急いで乗り捨てたので、そういうことになったのではないのか？」

「いえ、あの車は、間違いなく目立つように置かれていました」

「それは何を意味しているんだ？」

戸高は、その問いにこたえる代わりに、逆に質問した。

「誰か、下松洋平と寺川真智子の所在を確認しましたか？」

「何を言ってるんだ。下松の自宅マンションに立てこもっている。だから、こうして周囲を固めて、交渉を試みているんだ」

「彼らの姿を見たんですか？」

葛木は言葉を呑《の》んだ。電話をかけ続けていた係員も、一瞬手を止めて戸高の顔を見た。

竜崎が葛木に確認した。

「誰も、二人が下松の自宅マンションにいるところを目撃していないんだな？」

葛木が言った。

「見てはいません。ですが、略取・誘拐の被害者である寺川真智子が友人にメールを送ったのです。あのマンションに監禁されている、と……」

「そう」

竜崎はうなずいた。「その情報をもとに、我々は今、ここにいるわけだが……」

戸高が言った。

「そのメールは、嘘《うそ》かもしれない」

「嘘……」

葛木がますます戸惑った様子で言う。「被害者が嘘をついたというのか？」

「誘拐の被害者が、犯人の眼を盗んでメールを打って誰かに送るということ自体、不自然だと思いますね。被害者にそんな余裕はないはずですし、誘拐犯はまず携帯電話を取り上げるでしょう」

「だが、実際に友人は寺川真智子の携帯からメールを受け取っている。それは確認されているんだ」

「可能性は二つあります。まず第一は、犯人が寺川真智子の携帯を使って彼女の友人にメールを送ったという可能性。もう一つは、寺川真智子自身が、嘘のメールを送ったという可能性」

葛木が考え込んだ。

「まさか……」

戸高がさらに言った。

「そして、自分は寺川自身が嘘のメールを送った可能性のほうが高いと思います」

その言葉で、葛木もある可能性に気づいたようだ。

竜崎は戸高に言った。

「つまり、この事案の主犯が、寺川真智子である可能性があるということだな」

戸高がうなずいた。

「そう考えれば、すべての辻褄《つじつま》が合うんです。まず、ストーカーの相談に訪れたときのことです。ストーカーの名前を咄嗟に下松洋平と言ったのですが、その素性は会社の先輩だということです。つまり、本当のストーカーは、中島繁晴だったんじゃないでしょうか」

葛木が言う。

「中島繁晴……？　殺された中島が、ストーカーだったと……」

「そう。下松がストーカーだとしたら、自宅近くに寺川を呼び出すというのは変だと思っていたんです。ストーカーなら、自分が寺川の自宅に訪ねて行くでしょう。おそらく、寺川のほうから、中島を連れて下松に会いにいったのでしょう」

「何のために……」

「どうとでも理由は作れますよ。寺川が中島に言うわけです。実は付き合っている人がいるから話をしてくれ、とか……」

「それで……」

「どういう経緯かは不明ですが、三人が会ったところで中島が殺害されます」

「待ってくれ。下松はストーカーではなく、寺川のほうから彼に会いにいったと、君は言うのだな？」

「そう考えたほうが自然なんです」

「では、下松はどうして寺川を誘拐して逃走したんだ？」

「逆かもしれません」

「え……」

「もし、寺川が下松を誘拐して逃走したのだとしたら、メールの謎が解けます」

葛木は、助けを求めるような眼差しで、竜崎を見た。

竜崎は言った。

「私は、今の戸高の話を聞いて納得できると感じている。そして、この事案は、最初から考え直すことが必要だと気付いた」

「最初から考え直す……？」

「下松がストーカーで、彼に呼び出された寺川が、交際相手である中島を伴って会いにいった。中島を見て逆上した下松が、彼を殺害した……。そういう前提で捜査をしていたのだが、それが間違いだったかもしれない。ストーカーは中島で、寺川は中島のストーカー行為をやめさせるために、旧友の下松に助けを求めたのかもしれない」

戸高が言う。

「誘拐事件の被疑者と被害者が逆であるということは、殺人事件の被疑者も変わってくる可能性があります」

竜崎も、それについてはすでに考えていた。

「もし、寺川真智子が中島を殺害したのだとしたら、彼女が下松を誘拐したというのも理解できるな」

「そうです」

戸高が言った。「刃物は下松ではなく、寺川真智子が持っていたのでしょう。もしかしたら、彼女は最初から中島を殺害するつもりだったのかもしれません」

根岸が言った。

「彼女は、かなり追い詰められていたと、担当者が言っていました。思い詰めたのかもしれません」

竜崎は言った。

「署に相談に来たとき、彼女はストーカーの名前を下松洋平だと告げた。それは彼女にとって好都合だったのかもしれない。そして、下松を犯人に仕立て上げる計画を練ったわけだ」

戸高が言った。

「だとしたら、次に彼女が考えるのは、口封じですね」

「下松を殺害すると……」

「俺ならそうしますね。一番説得力のあるシナリオは、無理心中を迫られて、抵抗し、そのはずみで殺してしまったというやつですね」

竜崎は、葛木に言った。

「すぐに二人の所在を確認する必要がある」

「下松の自宅マンションにはいないということですか？」

「君も疑問だと言っていただろう。下松は、自宅の固定電話には出ずに、携帯電話にしか出なかった。そして、彼は通常の立てこもり犯とは違って、会話を拒否している」

葛木は迷ってはいなかった。即座にSITの部下に命じた。

「部屋に接近して、中の様子を探れるか？」

「赤外線センサーと、コンクリートマイクで、内部の様子がわかると思います」

「すぐにやってくれ」

「電話の呼び出しはどうします？」

「かけ続けろ。下松の身に危険が迫っている恐れがあることを知らせなければならない」

「電話番号がわかっているので、ショートメールが打てます」

「すぐにやってくれ」

「了解」

防弾チョッキ姿のSIT係員たちが、装備を持って指令車を出て行った。彼らとの無線のやり取りが聞こえる。

「S1からC、当該マンションに接近」

葛木がこたえる。

「S1、こちらC。部屋に犯人が潜伏しており、銃を所持している可能性はまだ否定されていない。注意しろ」

「了解。作業開始します」

確認作業をＳＩＴに任せて、竜崎は戸高に言った。

「車をわざと目立つように駐めたのも、友人にメールを打ったのも、自分たちが下松のマンションにいると見せかけるためだな？」

「そうだと思います。車の助手席にも血が付いていました。おそらく助手席に寺川がいたのでしょう。彼女は返り血を浴びていたんです。その血がついたのでしょう」

「運転していたのは、下松か……」

「そうですね。そして、彼は寺川の言いなりになっていたんでしょうね」

「なぜだろうな……」

「さあ、なぜでしょうね。寺川に惚《ほ》れていたのかもしれません」

「好きだからと言って、犯罪に加担するか？」

「そういうことがあっても不思議はありませんよ。あるいは、刃物で脅されていたか……」

根岸が言った。

「後者だと思います。もし、中島を刺殺したのが寺川だとしたら、下松はその現場を見てるわけですから、抵抗する気をなくしているでしょう」

竜崎は言った。

「寺川真智子は、下松のマンションに監禁されているように見せかけたというわけだ」

戸高が言った。

「そして俺たちは、下松が猟銃を所持していると、勝手に思い込んでいたわけです」

「下松の父親が猟銃を持っていたのは確かなんだな？」

「ええ。それは、確認しました」

戸高はちらりと下松優子のほうを見る。下松優子は疲れた顔をしているが、落ち着いて見えた。自分の息子が殺人や誘拐事件を起こすはずがないと信じているのだろう。

「その後、銃がどこにあるかは？」

「下松優子は知らないと言っています」

「銃の所在を確認する必要がある」

「そうですね」

竜崎は、携帯電話を取り出して伊丹にかけた。

「竜崎だ」

「わかってる。どうした？」

「下松洋平は、犯人ではないかもしれない」

「何だって……」

「誘拐の被害者である寺川真智子が、中島繁晴を殺害し、下松洋平を誘拐して逃亡している可能性がある」

「おまえ、何を言ってるんだ」

「この事案には、いくつもの疑問点があるのは知っているな」

「ああ。知っている」

「寺川が犯人だとしたら、その疑問がすべて解けるんだ」

「何だって」

「下松洋平が犯人じゃないとしたら、猟銃を持つ必要もない。だから、彼は銃を持っていないのではないかと、俺は思う」

「何をばかなことを言ってるんだ」

「実際に、犯人は一発も発砲していない。銃を目撃した者もいない。殺人の凶器が刃物だったのは、そもそも現場に銃が存在しなかったからじゃないかと思う」

「待て待て。犯人は銃を持って立てこもっているという前提で、俺たち指揮本部は動いているんだぞ」

「その前提を、考え直す必要がある。しかも早急に。まずは、銃の所在を確認してくれ。神奈川県警の協力を得て、下松洋平の父親に確認するんだ」

「銃の所在……」

「急いでくれ」

「わかった。銃の件はすぐに手配する。だが、もし銃を持っていなかったとしても、下松が犯人だという前提は変わらないだろう」

「ストーカーは下松じゃない。おそらく、殺害された中島だ。根岸がストーカー相談の担当者から聞いた話だ」

「中島がストーカー……」

「おそらく、下松は中島を排除しようとする寺川真智子に利用されたんだ」

「待ってくれ。混乱しそうだ」

「おまえがしっかりしてくれないと困る」

「つまり、こういうことか？　寺川真智子が、中島を殺害する目的で、下松洋平と三人で会った。下松洋平は、寺川真智子に利用され、今人質になっていると……」

「そうだ。おそらく、寺川は下松を犯人にして罪を逃れようとしているんだ」

「人質を取って、下松のマンションに立てこもっているのは、下松洋平ではなく、寺川真智子のほうかもしれないということか？」

「二人が、下松のマンションにいるかどうかも疑問なので、今ＳＩＴが内部の様子を探っている」

「二人がマンションにいるかどうかも疑問……？」

「そうだ。まだ、誰も二人の所在を確認していない。彼らが下松のマンションにいるという根拠は、寺川の携帯から友人に送られたメールでしかない」

「しかし、下松本人が電話に出たんだろう」

「自宅の固定電話には出なかった。携帯電話にかけたときに出たんだ。マンションにいたとは限らない」

「しかし……」

「そして、その後彼は、捜査員との会話を拒否しつづけている。これは、立てこもり犯には珍しいことだとＳＩＴの葛木係長が言っている。もし、下松が人質で、しかもマンションにはいないとすれば、その行動も理解できる」

「マンションに立てこもっているように見せかける偽装工作だったということか」

「戸高によると、乗り捨てられた下松の車は、わざと発見されやすいように駐《と》めてあったということだ。それも、二人がマンションにいるという偽装工作の一環ではないかと思う」

しばらく無言の間があった。

竜崎は言った。

「おい、聞いているのか?」

「聞いている。考えていたんだ」

「時間がないんだ」

「わかった。たしかに、おまえが言っていることの方が筋が通っているような気がする。それで、この先、どうすればいいんだ?」

「今の話を、二人の管理官に伝えてくれ」

「おい、話すだけでいいのか。何か指示を出さないと……」

「彼らなら、相応の対処をしてくれる」

「加賀管理官と岩井管理官だな。わかった。野間崎管理官は、どうする?」

竜崎は考えた。

そうだ。野間崎と弓削方面本部長がいた。

彼らに言って、機動隊と銃器対策レンジャーを撤退させるべきだろう。

竜崎は、伊丹の問いにこたえた。

「俺が電話しておく」

「了解した」

電話が切れた。

そのとき、無線からＳＩＴ係員の声が流れてきた。

「Ｃ、こちらＳ１。室内は無人の模様。室内に生体熱反応、活動音ともになし。繰り返す。室内は無人の模様」

竜崎は、携帯電話で、指揮本部に連絡した。

「弓削方面本部長を頼む」

17

「はい、弓削です」

電話に出た相手に、竜崎は言った。

「すぐに、機動隊と銃器対策レンジャーを撤退させてください」

一瞬の沈黙。

「何を言い出すんです。立てこもり犯は、猟銃を持っているんですよ」

「今それを確認しようとしていますが、おそらく、犯人はマンションに立てこもってはいません」

また沈黙があった。戸惑っているのだろう。あるいは、腹を立てているのかもしれない。

「署長はいったい何をおっしゃっているのですか。犯人が猟銃を所持していないですって？　今それを確認しようとしている？」

「はい。神奈川県警に連絡して、もともとの所有者である下松忠司に、銃の所在を確認してもらっています。すでに夜が明けていますので、必要なら家宅捜索もできるでしょう」

「下松忠司？　犯人の父親ですね？」

「下松洋平は、犯人ではない可能性が出て来ました」

「何ですって……。じゃあ、誰が犯人なのですか？」

「寺川真智子ではないかと、私は考えています」

「ばかな……。寺川は被害者でしょう……。大森署にストーカー被害の相談もしていたはずです」

「今、説明をしている時間がありません。必要なら伊丹から話を聞いてください。とにかく、下松のマンションの中は無人の様子です。機動隊で警戒する必要などないのです」

「いや、それは……」

そこまで言って、弓削は言葉を呑み込んだ。抗議したいが、何をどう言っていいのかわからないのだろう。彼はやがて言った。「部屋が無人のはずはありません。だって、下松が寺川を人質に取って立てこもっているのでしょう？」

こいつはどうして人の話をちゃんと聞こうとしないのだろう。

「繰り返します。部屋は無人です。これ以上、騒ぎを大きくしないためにも、機動隊と銃器対策レンジャーを引かせてください」

「いや、それはできない。私には警備上の責任がある。私が安全だと認めるまで、機動隊を引かせることはできない」

機動隊だって人間だ。訓練しているとはいえ、長時間待機させられるのは辛《つら》いはずだ。さらに、機動隊が待機している限り、マスコミは注目し続ける。世の中の関心度も違ってくる。

犯人も人質もいないマンションを、長時間にわたり機動隊が包囲していたとなると、何を言われるかわからない。

マスコミは警察の不手際《ふてぎわ》を、鬼の首を取ったように喜んで報じるだろう。それがネットで拡散していく。

弓削に言っても埒《らち》が明かないのであれば、竜崎自身が判断するしかない。指揮本部の副本部長なのでその権限があるはずだと、竜崎は思った。

「わかりました」

竜崎は言った。「では、失礼します」

電話を切ると、葛木係長に言った。

「部屋の中を調べてくれ」

「了解しました」

葛木は無線でその旨《むね》を命じた。

「C、こちらS1。了解しました。室内への進入を試みます」

ややあって無線から声が流れる。

「C、こちらS1。玄関ドアが施錠されています。ベランダから進入しますか？」

それを聞いた竜崎は、下松優子に尋ねた。

「鍵《かぎ》を貸してもらえますか」

「ええ、いいですよ」

彼女は、ハンドバッグからキーホルダーを取り出し、鍵を一つ外した。それを差し出す。

「拝借します」

葛木が受け取り、SIT係員の一人に手渡した。そして、無線で告げた。

「S1、こちらC。今から鍵を届ける」

「C、こちらS1、了解」

鍵を持った隊員が指令車を出て行った。

その直後、ドアをノックする音が聞こえた。葛木がドアを開けると、そこに機動隊の制服を着た男が立っていた。

「小隊長の棚橋《たなはし》といいます」

「係長の葛木です。何か……？」

「SITが突入する模様ですね。状況をご説明いただきたい」

葛木が振り向いて竜崎の顔を見た。竜崎は歩み出て言った。

「突入ではない。部屋が無人かどうかを確認するだけだ」

棚橋小隊長は、怪訝《けげん》な顔で竜崎を見返した。

「無人かどうか……？　失礼ですが、あなたは……」

「大森署の竜崎だ。指揮本部の副本部長をやっている」

棚橋小隊長が気をつけをした。

「竜崎署長……。お名前はかねがねうかがっております。我々は、銃を所持した犯人による立てこもり事件と聞いておりますが、無人とはどういうことでしょう？」

「犯人の偽装工作に、我々はだまされていたということだ。SITがコンクリートマイクと赤外線センサーで室内を探った。室内が無人であることが確認されたら、機動隊と銃器対策レンジャーは、すみやかに撤退してくれ」

「しかし、我々は弓削第二方面本部長の指揮下にあります」

「犯人がいないのに、マンションを包囲しつづけるのか？　それに何か意味があるのか？」

「我々は命令があるまで動けません」

そのとき、無線の報告を受けた葛木係長が告げた。

「室内は、やはり無人です。下松の姿も、寺川の姿もありません」

葛木にうなずきかけると、棚橋小隊長に向き直り、竜崎は言った。

「では、私が命令する。撤退してくれ。これは、指揮本部副本部長としての命令だ」

棚橋は、戸惑っている様子だ。竜崎は、さらに言った。

「心配するな。責任は私が取る」

棚橋は、意を決したように顔を上げると言った。

「わかりました。副本部長の命令に従います」

彼は敬礼をすると走り去った。

それからすぐに、機動隊が撤退を始めた。彼らは、展開したときと同様に実に手際よくその場を去って行った。

機動隊が待機していた場所がぽっかりと空き、規制線がずいぶんと現場から遠くにあるように感じられた。

規制線の向こうにいるマスコミの連中が、なんだか間抜けに見えた。機動隊の撤退を確認すると、竜崎はまず下松優子に言った。

「ご協力ありがとうございます。ご自宅に誰もいないことが確認されました。ご帰宅いただいてけっこうです」

それを聞いた葛木が言った。

「二人が立ち寄っていないかどうかを確認しなくてよろしいのですか？」

「状況から見て、立ち寄っていないことは明らかだ。彼らは、マンションに向かったと見せかけて、どこかに逃走したんだ。その行方を追うことこそが急務だ」

「了解しました」

下松優子が竜崎に尋ねた。

「息子が犯人ではないのですね？」

冷静な眼差しだ。竜崎はこたえた。

「犯人ではないでしょう」

「どこにいるかわからないのですか」

「現時点ではわかりません。しかし、全力で行方を追います」

「無事かどうかもわからないのですね？」

「わかりません。しかし、繰り返しますが、我々は全力を尽くします」

下松優子は、それ以上は質問しなかった。何を尋ねればいいのかわからないのかもしれないと、竜崎は思った。

彼女は、指令車を出て行こうとした。竜崎は言った。

「何か必要なことがあれば言ってください」

下松優子は竜崎を見て言った。

「犯人を捕まえて、息子を無事に帰してください」

竜崎はうなずいた。

「わかりました」

下松優子は、しっかりとした足取りで指令車を下りていった。


次に竜崎は、戸高と根岸に帰宅するように言った。根岸は「だいじょうぶです」と言ったが、竜崎はかぶりを振った。

「君たちの力が必要になるときが来る。今は休んで体力を温存してくれ」

戸高が根岸に言った。

「行くぞ」

彼らが指令車を出て行くと、入れ替わりで、マンションを調べていたＳＩＴの係員が戻ってきた。

竜崎は彼らに言った。

「ごくろうだった」

係員たちは、竜崎に向かって礼をした。

葛木係長が言った。

「寺川真智子が被害者だと思われていたので、係員が自宅に詰めています。どうしますか？」

「確認が取れるまで、現状のまま残しておいてくれ。家族はおそらく何も知らないだろうが、今後共謀する恐れもある」

「了解しました」

「この前線本部はすでに必要ない。君たちも大森署の指揮本部に向かってくれ」

「わかりました。このまま移動します。署長はどうなさいますか？」

「公用車で来ているので、連絡を取ってみる」

竜崎は運転手役の警務課係員に電話をした。

「竜崎だ。今どこにいる？」

「規制線の外に駐車しております」

「これから、署に戻る。どのあたりだ？」

「それが……。今、マスコミに取り囲まれておりまして……」

「署長車だということを知られたのか？」

「いえ、質問には一切こたえておりませんが、警察幹部用の公用車であることは勘づかれていまして……」

竜崎が行けば、当然記者たちに取り囲まれることになるだろう。このまま指令車で署に戻ることもできるが、公用車の運転手とマスコミを放っておくこともできないと思った。

「今からそちらに行く」

「え……。危険です」

「マスコミの何が危険なものか。先ほど下りたあたりでいいのか？」

「はい」

「すぐに行く」

電話を切ると、葛木係長が言った。

「念のため、係員を同行させます」

「必要ない」

「いえ、そういうわけにはいきません。前線本部で起きることは、私の責任になります」

竜崎は、葛木係長の顔を見直した。

「そうだったな。前線本部では、君の指示に従うというのが原則だった」

「はい」

「では、君の言うとおりにする。ただし、時間が惜しい。私と同行する係員の帰りを待たずに署に向けて出発してくれ。その係員には私といっしょに公用車に乗ってもらう」

葛木はこたえた。

「了解しました」

竜崎が指令車を出ると、屈強なＳＩＴ係員が付き添ってくれた。マスコミは規制線の外から指令車の動向を見つめている。

竜崎が出たとたんに、大声で質問が飛んできた。

「機動隊が引きあげたのはどういうわけですか？」

「部屋に突入したのですか？」

「被害者はどこです？　無事ですか？」

「犯人確保ですか？」

状況がまったく見えていないので、彼らも苛立《いらだ》っている様子だ。だからといって、早朝の住宅街で大声を上げる彼らの神経を疑った。

竜崎は彼らの前を横切り、公用車に近づいた。規制線を出るとマスコミが寄ってくる。同行したＳＩＴの係員と、地域課の係員がどうにか竜崎の進路を確保する。

ようやく公用車にたどり着く。

記者たちの質問は続いていた。同じ質問を繰り返している。

公用車の後部座席の脇《わき》に立ち、竜崎は記者たちのほうを振り向いた。

「あ、竜崎署長」

誰かが言った。普段大森署に出入りしている記者だろう。

それを聞いた記者たちの質問がエスカレートした。

「犯人は確保されたのですか？」

「人質は無事ですか？」

「突入したのは、ＳＩＴですか？」

「被疑者の名前は、下松洋平ですね？」

竜崎は、わざと低い声で言った。

「被疑者は、まだ確保されていない」

当然、その声はマスコミの連中の大声にかき消される。最前列にいた記者たちが竜崎の発言に気づいて言った。

「ちょっと静かにしろ」

「署長が何か言っている」

波が引くように次第に静かになっていく。竜崎は、全員が口を閉じるのを待って、もう一度言った。

「被疑者は、まだ確保されていない」

最前列にいた若い記者が質問した。

「どうして機動隊が引きあげたんですか？」

おそらく、竜崎の名を呼んだ記者だ。顔に見覚えがあった。

「マンションを包囲する必要がなくなったからだ」

別の記者が尋ねる。

「なぜ、包囲する必要がなくなったのですか？」

すぐさま別の記者が尋ねた。

「誰かが、マンションに入って行きましたね？　突入したということですか？」

竜崎はこたえた。

「部屋は無人だった」

「無人……。どういうことです？」

「犯人は、マンションに潜伏しているように思わせるために、いくつかの偽装を行った。我々は、それにひっかかったというわけだ」

「偽装にひっかかった……。じゃあ、犯人の所在は？」

「今、全力を上げて追っている」

「所在がわからないということですね」

記者たちは次々と質問してくる。竜崎は、できるだけ彼らの顔を記憶しようとつとめていた。それが、長官官房の広報室長や総務課長をつとめていたときに身に付けた習慣だった。

「所在はわからない。だから全力で追っている」

「犯人にだまされたということは、警察の失態だと考えていいですね」

竜崎はその記者のほうを見つめて言った。

「失態ではない。あらゆる情報に対処するのが捜査というものだ」

「機動隊の配備も失態ではないと……」

竜崎はきっぱりと言った。

「失態ではない。当初、銃を所持した犯人が立てこもったという情報があり、それに対処しただけのことだ。当然の処置だ。我々は常に最悪の事態に備えなければならない」

「でも、犯人に逃げられたわけですね」

「取り逃がしたわけではない。眼をそらされただけだ。犯人の確保というのは、それだけ難しいということだ。では、失礼する」

SITの係員が、さっと後部座席のドアを開ける。このタイミングは、警備部のSPにも負けていないじゃないかと、竜崎は思った。

竜崎が車に乗り込むと、彼は後部座席のドアを閉め、自分は助手席に滑り込んだ。運転手役の警務課係員はすぐにエンジンをスタートさせた。記者を轢《ひ》かないように、静かに車を進める。

記者たちは、しばらく車に群がっていたが、やがて、もう竜崎から話を聞き出せないと諦《あきら》めたらしく、包囲を解いていった。

公用車はスピードを上げた。

指揮本部に着いたのは、午前七時五分頃だった。

まだ伊丹がいたので、ひな壇に戻り声をかけた。

「てっきり帰ったと思ったぞ」

「帰ろうと思ったが、なんだか妙なことになったんで、帰れなくなっちまった。寺川真智子が犯人かもしれないだって？」

「間違いないと思う。二人を捕まえればわかることだ」

「どうやって捕まえるつもりだ？」

「それは、彼らに任せておけばだいじょうぶだ」

竜崎は、加賀管理官と岩井管理官を見た。彼らは、前線本部からやってきた葛木係長の話に聞き入り、さらに真剣な顔で何やら話し合いを始めた。

対立している様子ではない。今後の事件への対応を話し合っているのだろう。

伊丹も竜崎の視線を追ってそちらを見た。

「下松と寺川はどこにいると思う？」

「わからん。ただ、遠くへ逃走しているということはなさそうだ」

「なぜだ？」

「車を乗り捨てている。逃げようと思うのなら、そのまま西へ走り続けたはずだ。だが、車はＵターンしてきた」

「下松が犯人で、マンションに立てこもったと偽装するためだな？」

「そうだ。もし、寺川が犯人なら、最後まで下松が犯人だと偽装して、自分はあくまで被害者だと言い張るつもりだろう」

「当然下松はそれを認めないだろうな」

「だから寺川としては、下松の口を封じる必要がある」

伊丹が厳しい表情になる。

「寺川が下松を殺害しようとしている。そういうことか？　だとしたら、なんとしても早急に彼らを発見する必要がある」

竜崎は言った。

「そのことはすでに、ＳＩＴの葛木係長と話をしている。管理官や係長たちが、やるべきことをやってくれる。俺たちが余計な口出しをすることはない」

「おまえはやっぱり、たいしたやつだ。部下を信じて、すべてを任せることができる。物事が切迫すればするほど、部下に任せきりにはできないものだ」

「判断をし、責任を取る。俺たちにできるのは、それだけなんだ」

伊丹が何か言おうとして、ふとある方向に視線を向けた。何事だろうと思い、竜崎もそちらを見た。

弓削方面本部長が、すさまじい形相でひな壇に近づいてくるのが見えた。

18

「竜崎署長」

弓削方面本部長は、怒りの形相で言った。「あなたは勝手に、機動隊と銃器対策レンジャーを引かせたそうですね」

「勝手にではありません。警備指揮権をお持ちの方面本部長に、機動隊を撤退させるように要請したはずです」

「私は断りました」

「だから、私が機動隊の小隊長に命令しました」

「あなたにその権限はないはずです」

「権限ならあります。私は指揮本部の副本部長です。本部長である伊丹の次に、決裁権や指揮権があるのです」

「しかし、再三申し上げているように、警備指揮権は私にあるのです」

「事案全体の指揮権は伊丹にあり、それに次ぐ権限を持っているのは私です。ですから、私の判断で機動隊を撤退させたことは間違いではありません」

「犯人は銃を持っていないかもしれないと、あなたは言われたが、まだその確認は取れていないのでしょう？」

「少なくとも、あの現場に銃は存在しませんでした。犯人がいなかったのです」

「私はそんなことを問題にしているのではありません。警備指揮権を持たないあなたが、勝手に機動隊を動かしたことが問題だと言ってるんです」

竜崎は思わずぽかんとした顔で、弓削を見つめていた。

「そんなことが何の問題なのですか。あの場に機動隊は必要ないことがわかった。だから撤退させた。それだけのことです」

「あなたは、警察という機構についてよくおわかりになっていないようだ」

「私は、警察庁長官官房の総務課長をやっていました。警察がどんなものか、よくわかっていると思いますが……」

弓削方面本部長は、一瞬にして毒気を抜かれたような顔になった。竜崎の経歴を思い出したのだろう。竜崎の階級は警視長。警視正の弓削よりも上だ。

ノンキャリアの弓削に対して、竜崎はキャリアだ。幹部としての経験が違う。

「とにかく」

弓削の口調は、すっかりトーンダウンした。「私はこのまま済ませる気はありません」

彼は踵《きびす》を返して無線の近くに戻っていった。いつの間にかそこが彼の席になっていた。

弓削が去ると、伊丹が小声で言った。

「弓削に逆らって機動隊を帰したのか？　よくやったな」

「よくやった？」

「略取・誘拐に殺人だ。こいつは刑事部の事案なんだよ。警備指揮権だか何だか知らないが、方面本部長ごときにでしゃばらんでほしいと思っていたんだ」

「そんなことはどうでもいい」

「しかし……」

伊丹はふと思案顔になった。「寺川と下松の足取りを追うには、大森署の近隣の署の協力も不可欠だ。つまり、方面本部の力が必要だということだぞ」

「心配ない」

竜崎はそう言うと、野間崎管理官を呼んだ。野間崎は驚いた顔のまま飛んで来た。

「何でしょう？」

竜崎は言った。

「寺川と下松が、マンションにいなかったという話は聞いたか？」

「ええ……。葛木係長の報告を聞いていました」

「二人の足取りを追うためには、第二方面本部の力が必要だ。君は、岩井管理官、加賀管理官と協力して捜査に当たってくれ」

野間崎は、半歩近づき声を落とした。

「弓削方面本部長がへそを曲げているようですが……」

「いちいち本部長の判断を仰がなくても、君ならさまざまな措置を執れるだろう」

野間崎の眼に力がみなぎってくるのがわかった。

「やってみましょう。お任せください」

彼はそう言うと、一礼して岩井・加賀両管理官のもとに近づいて行った。

伊丹が言った。

「部下を信じているだけじゃなくて、乗せるのもうまいな」

「事実を言ったまでだ」

「あいつは、おまえに反抗的だったが、すっかり飼い慣らされたようだな」

「俺は彼の上司じゃないから、飼い慣らしたつもりはない」

電話が鳴り連絡係が受け、伝令が管理官たちのもとに走る。その知らせを聞いて、加賀管理官が竜崎と伊丹のもとに駆けてきた。

「神奈川県警からです。銃の所在の確認が取れました」

伊丹が尋ねた。

「どこにあるんだ?」

「下松洋平の父親、忠司の知人が所持していました」

「どういうことだ……」

「下松忠司は、どうやら金に困って知人に猟銃を売ったようです」

「その知人は猟銃所持の許可を取っているのか?」

「いいえ」

「じゃあ、違法じゃないか」

「下松忠司が神奈川県警の鶴見署に紛失届を出したのは、それが理由のようです。所持している限り、年に一度の検査がありますから……」

竜崎は不思議に思って言った。

「銃を売りたいのなら、相手にちゃんと許可を取ってもらえば済むことだろう」

「猟銃所持の許可には、ずいぶんと手間がかかりますからね。知人はそれを面倒臭がり、手っ取り早く下松忠司から入手したようです」

「それがわからない。手間を惜しんで違法なことをするより、正式に許可を取ったほうがずっとメリットが大きい」

伊丹が竜崎に言った。

「たしかにそのとおりだが、安易な方法が見つかれば、それに飛びつくものだ。わからないのは、下松の父親のほうだ。猟銃を売ったって、黙っていりゃばれないかもしれない。銃の紛失届なんて出すと、大事になっちまう」

竜崎が言う。

「加賀管理官が言っただろう。年に一度、春に検査がある」

「そのときだけ、売った相手のところから借りて検査を受ければ済む話だ」

加賀管理官が言った。

「クレー射撃の仲間から何度か誘いがあり、そのつど断るのも面倒になったということもあるようです」

竜崎が言った。

「いずれにしろ、違法なことをやり、それを隠蔽《いんぺい》しようとすると、嘘《うそ》を上塗りしていくことになる」

伊丹が肩をすくめた。

「まあ、普通の人はおまえみたいにいつも合理的に行動しているわけじゃない。もし、そうなら、犯罪なんて起きないさ」

伊丹の言うとおりかもしれないと、竜崎は思った。不合理や不条理が犯罪をもたらす。どんな理由があろうと、殺人は割りに合わない。合理的に考えればそれがわかるはずだ。だが、世の中から殺人は決してなくならないのだ。

竜崎は加賀管理官に言った。

「いずれにしろ、下松洋平が猟銃を持っていないことが明らかになったわけだ。それを、捜査員に周知徹底してくれ」

「すでに岩井管理官が所要の措置を執っております」

弓削方面本部長が、無線席のそばでむっとした顔をしている。犯人が銃を持っていなかったという話を聞いたのだろう。

さらに、野間崎が自分の側《そば》を離れて、他の管理官たちといっしょにいるのが気に入らないのかもしれない。

「男女二人となると、潜伏するところはいくらでもあるな」

伊丹が言った。「ラブホテルなら、フロントに顔を見られることもない」

それを聞いた加賀が言う。

「すでに手配してあります。ラブホテルをはじめとする宿泊施設や、鉄道の駅からは、防犯カメラの映像を入手して解析するように指示してありますし、タクシー会社各社にも協力を要請しています」

野間崎が、近隣の所轄《しょかつ》すべてに連絡をして、捜査態勢を調整するはずだ。

こうなれば、寺川と下松の発見は時間の問題だ。

伊丹が加賀管理官に言った。

「下松洋平が口封じで消される可能性がある。事態は急を要するんだ。あらゆる手段を講じてくれ」

言わずもがなだと竜崎は思った。だが、何も言わなかった。こうした無意味に思える指示も、組織内では有効に作用することがある。

一般意味論では、メタメッセージというらしい。つまり、メッセージのためのメッセージだ。内容そのものが問題なのではなく、コミュニケーションを円滑にするための言葉だ。

加賀管理官の表情が引き締まった。

「了解しました」

彼は、管理官席に戻った。そこでは、岩井管理官、野間崎管理官が受話器を手に、さかんに指示を飛ばしている。

伊丹が竜崎に言った。

「大詰めだな」

竜崎はこたえた。

「いや、意外とこれから時間がかかるものだ」

「おまえはいつも悲観的だな」

「悲観的なわけじゃない。経験則だよ」

「指揮官はもっと前向きじゃなきゃな」

「おまえは前向きというより、ただ勢いがいいだけだ」

「それが必要なこともあるんだよ」

管理官席はフル稼働《かどう》状態だ。三人の管理官が大声で次から次へと指示を出す。連絡係が電話を受け、伝令が走る。

本部に残っている捜査員はごくわずかだ。みんな朝から外で駆け回っている。指揮本部全体が、巨大なガスタービンのように回転しはじめた。

それとは対照的に、ひな壇は取り残されたように静かだった。指揮本部の喧噪《けんそう》が、なんだかはるか遠くに感じられる。

竜崎は疲れ果てており、睡魔が忍び寄ってきた。

管理官たちの大声が、次第に遠のく。

伊丹も眠そうだった。捜査の大詰めで、指揮本部長と副本部長が居眠りをしている。そんなことを想像していたら、本当に眠りそうになった。

そのとき、誰かの声が響いた。

「被疑者、確保」

眠気がいっぺんに吹き飛んだ。

伊丹が立ち上がっていた。

「確保、間違いないな？」

その伊丹の問いに、加賀管理官が大声でこたえた。

「間違いありません。午前八時二十分、下松洋平、寺川真智子、両名の身柄を確保しました」

伊丹が確認した。

「下松洋平は無事なんだな？」

「両名とも無事です」

「よし、よくやった」

竜崎が言った。

「下松洋平の母親に、彼が無事だということを知らせてやってくれ」

「了解しました」

加賀管理官が付け加えるように言う。「二人を発見したのは、大森署の戸高と根岸のようです」

「なんだって」

思わず竜崎は言った。「帰れと言ったのに、あの二人はどこで何をしていたんだ？」

「それは、二人に直接お訊《き》きになってください」

そうしようと、竜崎は思った。それにしても、戸高はやはり妙なツキに恵まれているようだ。

二人の身柄が大森署に到着したという知らせが届くと、伊丹が言った。

「現時点では、二人とも被疑者ということになるな」

竜崎がこたえた。

「下松は被害者で、寺川真智子が被疑者だ」

「その確認は取れていない」

「だから、二人の身柄を拘束したんだ」

「だが、二人を送検することはできない。犯人はどっちかだ。共謀という名目で二人を送検する手もあるが、検察が嫌がるだろう」

「送検までの四十八時間で、二人に真相を語ってもらうしかない」

「そうだな……」

伊丹がうなずいたとき、指揮本部に戸高と根岸が姿を見せた。

根岸はまったく疲れの色を見せていない。被疑者確保の興奮がまだ冷めていないのだろう。

戸高は明らかに疲れているように見えるが、これはいつものことだ。

竜崎は二人を呼んだ。

刑事部長と署長の前に立ち、根岸はさすがに緊張の面持ちだが、戸高にはまったくその様子が見られなかった。

竜崎は言った。

「寺川と下松を発見したそうだな」

戸高がこたえる。

「ええ、まあ……」

「お手柄だ」

「どうも……」

「しかし、俺は帰れと言ったはずだ。どこで何をしていたんだ？」

「下松の自宅マンションを張っていました」

「それは、管理官の指示か？」

「いえ、そうじゃなく……」

「下松のマンションを張っている捜査員は別にいたはずだ」

「自分らも助っ人に行こうと思いまして」

「どうしてそんなことを考えたんだ？」

戸高の代わりに根岸が言った。

「発言してよろしいですか？」

「もちろんだ」

「私が提案しました」

「提案した？　何を？」

「下松の自宅マンションに二人が戻るかもしれない、と……。警察が撤退した後は監視が手薄になるはず。犯人はそう考えるのではないかと思いました」

「私は、帰って休めと言ったんだ。指揮本部では当然、マンションに捜査員を張り付かせる。彼らに任せればいいとは思わなかったのか？」

「実際に手薄になるんじゃないかと、心配だったんです。立てこもりが偽装だったとわかり、機動隊や前線本部が撤退しますよね。マスコミも姿を消します。捜査員が監視するでしょうが、当然人数は限られているはずだと考えました」

戸高が言った。

「まったく迷惑な話だと思いましたよ。こちとら、さっさと帰って寝たいのに……」

「そう思いながらも、根岸の言うとおりにしたわけだな」

「放っときゃ一人で行きかねないですからね」

根岸が言った。

「ご指示に従わず、申し訳ありませんでした」

竜崎は言った。

「まあ、それで被疑者確保につながったんだから文句は言えない。だが、無理を続けて体を壊しでもしたらたいへんだ。周囲の者にも迷惑をかけることになる」

根岸がうなずいた。

「はい」

戸高が竜崎に尋ねた。

「……それで、やはり寺川が被疑者ということですか？」

「それはまだわからない。ただ、下松洋平は予想どおり銃を持っていなかった。父親が知り合いに売ったんだ」

「売った……」

「違法な売買だ。父親は警察沙汰《ざた》を恐れて、銃を盗まれた振りをしていた」

「たまげたな……」

「だから、下松の疑いは晴れつつあるが、まだ確認されたわけじゃない。今のところ、二人とも被疑者ということで取り調べをするつもりだ」

「どうせ、取り調べは捜査一課の連中がやるんでしょう」

「なんだ？　おまえがやりたいのか？」

戸高は顔をしかめた。

「今さら仕事を増やしたいとは思いませんよ。報告書書いたら少し休ませてもらいます」

竜崎はうなずいた。

「根岸も帰宅しろ」

「いえ、私はだいじょうぶです」

「本人のだいじょうぶほどあてにならないものはない。一時間でいいから仮眠を取れ。副本部長の命令だ」

　根岸が言った。

「わかりました」

「いいか、今度こそ本当に休むんだぞ」

　根岸はきっちりと礼をし、戸高が形ばかりの会釈《えしゃく》をしてその場を離れようとした。

　竜崎は、ふと思いついて言った。

「ああ、二人にちょっと頼みたいことがある」

　二人は立ち止まり振り向いた。戸高が尋ねた。

「何でしょう？」

「もしかしたら、ストーカー事案に発展しそうな問題がある。この事案が片づいたら、相談に乗ってもらえないか」

　戸高が言った。

「ストーカー対策チームの仕事ですか……」

　明らかに関心がなさそうだった。

一方、根岸はやる気まんまんだった。

「了解しました。お任せください」

竜崎がうなずくと、二人はそろって指揮本部を出ていった。

それまでずっと無言で竜崎たちのやり取りを聞いていた伊丹が言った。

「何だ、そのストーカー事案に発展しそうな問題というのは」

美紀と忠典のことだと言ったら、伊丹は詳しく話を聞きたがるだろう。話すべきかごまかすべきか、竜崎は迷っていた。

そのとき、加賀管理官が近づいてきた。表情に力がみなぎっている。

おそらく、下松か寺川が何かしゃべったのだろうと、竜崎は思った。

19

「どうした？　しゃべったか？」

伊丹が尋ねると、加賀管理官がこたえた。

「下松が、詳しく状況を説明してくれました」

伊丹が確認するように言った。

「彼は、被害者なんだな？」

「そう判断していいと思います」

「間違いないんだな。釈放してから、実は犯人でした、なんてことはないな？」

「慎重に取り調べをしましたので、間違いありません」

竜崎が伊丹に言った。

「下松が被害者だってことは、わかりきっているじゃないか」

「こういうことは、ちゃんと確認しなけりゃならないんだよ」

竜崎は加賀に尋ねた。

「この事件の詳しい経緯がわかったんだな？」

「はい。いろいろと裏を取らなければならないことはあるにしても、大筋でこちらが調べたことと供述が一致しています」

「どういう経緯だったんだ？」

「下松は、一昨日突然、寺川から呼び出しを受けたのだそうです。高校時代にはそこそこ親しくしていたのですが、近ごろは疎遠《そえん》になっていたということです」

それを聞いて、伊丹が言った。

「下松が寺川から呼び出しを受けたのか？」

「彼はそう供述しています」

「それで、寺川に会いに出かけていったということか……」

「はい、そうです。寺川が指定した駐車場に出向いたそうです」

「待てよ」

伊丹が言った。「その駐車場っていうのは、下松の車を停めてある場所じゃないのか？」

「そうです」

「そこを、寺川真智子が指定したということか」

「寺川がまだ供述していないので、推測に過ぎませんが、そこで会うことに意味があったのだと思います」

「なるほど。下松のほうから呼び出したと思わせるためか……」

「おそらくそういうことですね。寺川はあくまで下松をストーカーだと、我々に思わせたかったのでしょう」

だが、優秀な捜査員の目をごまかすことはできない。戸高はかなり早い段階に、下松が寺川を呼び出すことの不自然さに気づいていた。

伊丹が言った。

「まあ、当初はそう思い込んでいたことは事実だ。下松が寺川真智子に対してストーカー行為をはたらいたという事実はないんだな？」

「本人は否定しています。母親も同様に否定していますし、もちろん裏は取りますが、状況を考えると、下松がストーカーということはないと思います」

「駐車場で会ってから、下松はどうしたんだ？」

「寺川が会いたいというので、指定された駐車場に会いに行ったら、見知らぬ男がいっしょにいたので、不審に思ったそうです。つまり、それは中島繁晴のことですね。中島に、寺川と付き合っているのはおまえか、と言われたそうです」

「それで？」

「下松は面食らったそうです。中島は今にもつかみかからんばかりの勢いだったようです。そして、彼はさらに、寺川は自分の女だから近づくなと言ったそうです。そのとき、寺川が突然、中島を刺したのだそうです。下松は仰天したと言っています」

伊丹が小さくかぶりを振った。加賀管理官の説明がさらに続いた。

「寺川は、下松に助けてくれと言ったそうです。下松は関わりになりたくなかったようですが、寺川はナイフを持っており、興奮状態のようだったので、言うことを聞くしかないと思い、言われるままに車で逃走しました。その後、人気《ひとけ》のない埋め立て地に車を停めて、寺川に自首するよう説得しましたが、聞き入れてもらえなかったそうです」

伊丹が尋ねた。

「地元に戻ってきたのはなぜだ？」

「寺川の指示だそうです。寺川真智子は、下松洋平の父親、忠司が猟銃を所持していたことを知っていたようです。それを取りに行くように下松に指示したのです」

「下松はずっと寺川の言いなりだったのか？」

「寺川は刃物を持っていたし、とにかく怖《おそ》ろしかったと言っています」

「男だろう。情けないな」

「怖いと思う一方で、かわいそうだとも感じていたようです。彼女を救ってやれるのは、自分しかいないと思うようになったと言っています」

伊丹が考えながら言った。

「ストックホルム症候群かな……」

竜崎は言った。

「そうとも言える。だが、高校時代に同級生だったというのが大きな要因だろう」

「もしかしたら、下松は寺川に惚《ほ》れていたとか……」

「高校時代は、どちらかというと、寺川のほうから下松に会いに来ていたと、下松の母親が証言している。それを聞くと、寺川のほうが下松に好意を抱いていたように感じるが、実は下松もまんざらではなかったということかもしれない」

「へえ……」

伊丹は意外そうな顔で竜崎を見た。

「何だ？」

「おまえが、男女の仲について語るなんてな……」

「俺だって、いろいろと経験を積んだんだ」

伊丹がにやにやと笑っていた。竜崎は不愉快になって眼をそらした。

加賀管理官が話を続けた。

「父親は留守で、下松は合い鍵《かぎ》を持っていたので、それで父親のアパートに入り、銃を探そうとしました。しかし、警官とおぼしき人間がいるのに気づいて、そのままアパートを後にしました」

「アパートに入ることができたとしても、銃は見つからないはずだ」

伊丹が言った。「親父《おやじ》さんは、猟銃を知り合いに売っちまったんだからな」

竜崎は言った。

「下松が容疑者ということになり、当然家族のことを洗う。父親について調べたら、猟銃を所持していることがわかった。そして、それを紛失したという知らせが神奈川県警からあった。それで、過剰反応してしまったんだ」

「いつ紛失届が出されたかとか、ちょっと調べれば下松が銃を持ち出したんじゃないことはすぐにわかったはずだ」

伊丹が悔しげに言った。

過剰反応したのは、もしかしたら伊丹だったのかもしれないと竜崎は思ったが、何も言わなかった。

「その後、寺川は地元に戻るように、下松に指示したそうです」

「おそらく、当初からそういう計画だったのだろう」

竜崎は言った。「本来なら、本当に猟銃を持って下松のマンションに立てこもるつもりだったのではないかと思う」

伊丹が、眉間《みけん》にしわを刻んで、竜崎に言った。

「だが、立てこもりは偽装で、実際にはマンションには行かなかったんだろう？」

「おそらく偽装工作は、地元に引き返す途中で思いついたんじゃないだろうか。猟銃が手に入れば、立てこもったんじゃないかと思う」

「立てこもって、どうするつもりだったんだ？」

「銃が暴発し、下松が死亡。そういうシナリオだったに違いない。だが、銃が手に入らなかったことで、計画の変更を余儀なくされた……」

「なぜそんなことがわかる」

「当初から立てこもりの偽装を考えていたなんて、計画が複雑過ぎると思う。寺川は、下松を利用して、自分をストーカーと略取・誘拐の被害者に見せかけるように計画を練った。だが、そのためには下松の口を封じなければならない。つまり、下松を殺害しなければならないんだ。銃があれば、暴発ということで片づけられる。だからマンションに立てこもればよかった。だが、銃がないとなると、被害者の自分が下松を殺害するのが難しくなると考えた……。それで計画を変更したんだ。計画が継ぎ足し継ぎ足しなので、結果的に複雑なものになってしまったわけだ」

「だが結局、寺川は下松を連れて、彼のマンションに行ったんだろう？」

「警察が引きあげた後は、そこが一番安全だと思ったんだろう。それもおそらく計画の継ぎ足しだ」

「二人はそれまでどこにいたんだ？」

「大森海岸のラブホテルに潜んでいたそうです」

伊丹はしばらく考えてから、加賀管理官に尋ねた。

「今の竜崎の話、どう思う？」

「おそらく、おっしゃるとおりだと思います」

「じゃあ、それを本人にぶつけてみたらどうだ？」

「そうしてみましょう」

加賀管理官が去って行った。寺川の取り調べを担当している捜査員に指示を与えるのだろう。

伊丹はかなり消耗している様子だ。竜崎は言った。

「もう引きあげたらどうだ？」

「おまえはどうするんだ？」

「俺の職場はここだ」

「おまえに任せきりにするわけにはいかない。寺川が自供するまで付き合うよ」

「刑事部長にはやることがたくさんあるんだろう？」

「指揮本部をおろそかにするわけにはいかない。俺の留守を預かるために参事官がいるんだ」

なるほどと、竜崎は思った。もし、竜崎が大森署を留守にしても、貝沼副署長がいれば安心だ。

竜崎も、帰宅して休んだほうがいいのかもしれない。寺川と下松の身柄を確保したのだ。あとは管理官たちに任せておけばいい。

だが、伊丹と同様に、寺川の自白を待ちたかった。事件の解決を自分の目で見届けたいというのは、警察官の本能かもしれない。

身柄確保で一気に高揚した指揮本部の雰囲気は、取り調べの結果を待つうちに次第にけだるいものになっていった。

捜査員たちは、書類書きに追われている。送検・起訴の準備だ。なおかつ公判を睨《にら》んでそろえられる書類はすべてそろえておかなければならない。

寺川と下松を追っていたときは、うるさいくらいに鳴っていた電話が、いまはひっそりとしている。

それに対応して管理官席も静かになっていた。捜査員たちがパソコンのキーを叩《たた》く音が広い講堂にかすかに響いている。

眠気を誘う雰囲気だ。竜崎も伊丹も、何も話さず、しばらく倦怠《けんたい》の波に身を委《ゆだ》ねていた。

「落ちました」

出入り口で大きな声がして、竜崎は、はっと我に返った。どうやら、うとうとしていたようだ。

加賀管理官の声が聞こえた。

「寺川、自供か？」

「はい。こちらが指摘したことを、大筋で認めました」

指揮本部内に安堵《あんど》の声が洩《も》れる。

「動機はストーカー被害にあったことか？」

「そうだと本人は言っています」

伊丹が首を傾《かし》げる。

「その程度のことで、殺人をくわだてるものか？　それも、かなり計画的な犯行だった」

加賀管理官が言った。

「ストーカー被害というのは、想像以上につらいもののようです。気にすまいと思っていても、次第に追いつめられていく。逃げ場がないと思い詰めたら、このようなことも起こり得るということでしょう」

竜崎は言った。

「犯罪被害のつらさは、当事者にしかわからないものだ」

伊丹が立ち上がった。

「これで一件落着だな。俺は警視庁本部に引きあげる」

書類仕事をしていた捜査員たちが全員起立して、伊丹を見送った。

それからしばらくして、弓削方面本部長が、野間崎とともに竜崎のところにやってきた。弓削が言った。

「では、我々も失礼します」

彼は竜崎とは目を合わせようとはせず、いかにも形ばかりの挨拶《あいさつ》という感じだった。

竜崎もただうなずいただけだった。

弓削とは対照的に、野間崎は満足そうに竜崎を見つめ、深々と礼をした。

捜査員たちが再び立ち上がる。

なんだ、伊丹といっしょに出て行けば、捜査員たちが立ったり座ったりを繰り返さずにすんだものを、と竜崎は思った。

自分が出て行くときもやはり全員起立するのだろう。ならば、今退出すべきだと思った。竜崎は立ち上がり、捜査員たちが起立している間に出入り口に向かった。

指揮本部をあとにしても、帰宅はできない。本来の仕事が山ほど残っている。署長室に近づくと、出入り口の脇《わき》の副署長席にいる貝沼副署長がほっとした表情で言った。

「指揮本部のほうは、解決だそうですね」

「ああ。ようやく署長の仕事ができる」

「徹夜をなさったのではないですか？　お帰りになってはいかがです？」

「いや、そうもいかない」

竜崎は、署長席に着いた。

決裁のための書類が、応接セットのテーブルにずらりと並んでいる。大仕事を終えた充実感に浸る暇もない。

竜崎はさっそく、判押しを始めた。

睡魔が波のように、寄せては引いていく。ともあれ、日常が戻った。

警察の日常というのは妙なものだと、竜崎は思う。

もともと非日常を扱う仕事だ。だが、仕事としてはそれが日常になってしまう。そこに慣れが生じると危険なこともある。

注意すべきところをおろそかにしてしまう恐れがあるのだ。今回のストーカーの件にしても、猟銃の件にしてもそうだ。

もし、寺川真智子から相談を受けた担当者が、もっと親身になり、ストーカー行為をしているのが誰かをちゃんと調べていれば、これほどの事件に発展しなかったかもしれない。

また、神奈川県警から、下松洋平の父親・忠司が猟銃を盗まれた恐れがあるという知らせを受けたときに、もっとしっかり調べていれば、機動隊が出動するほどの騒ぎにはならなかったかもしれない。

すべて、チェックがおろそかだったから起きたことのような気がする。

もちろん、犯罪を計画した犯人が悪いのは当然だ。だが、事件を未然に防ぐ、あるいは、できるだけ騒ぎを小さくする努力は惜しんではいけない。

一般人にとって、犯罪は非日常だ。犯罪に遭遇した人、つまり被害者やその関係者にとっては、信じがたいほどの大きな出来事だ。だが、警察官にしてみれば、一日に何件か処理する事案のうちの一つに過ぎない。

その温度差が問題なのだ。被害者は必死だが、担当の捜査員はおざなり。そういうことが起きかねない。

捜査員は、自分がもし被害者だったら、という気持ちを忘れてはいけない。だが、その一方で、プロとしてのノウハウを蓄積していかなければならない。そのためには、事件のたびに右往左往しているわけにはいかない。そんな警察官は頼りにならない。やはり慣れが必要なのだ。

問題はバランスだ。

そのバランス感覚を兼ね備えた者こそが優秀な警察官なのだと、竜崎は思う。

そういう意味で、根岸はまだまだだろう。彼女は、対象者に感情移入する。それ自体は悪いことではないし、責任感もある。

だが、のめり込み過ぎだ。もっと客観的に自分の行動を見る必要がある。

一方、戸高はシニカル過ぎる。そして、おそらく警察の仕事に慣れすぎている嫌いがある。彼のような捜査員ほど、被害者の気持ちに敏感でいてほしい。

おそらく、根岸と戸高は互いに補い合ういいコンビになりうる。だが、反りが合わずただ反目するだけという恐れもある。

戸高には根岸を立派に指導できる可能性があると、竜崎は思う。実際に彼らは、被疑者を発見して確保に結びつけた実績がある。

そして、今のところ、戸高は根岸の面倒をよく見ているようだ。

戸高のことだ。どこまで本気かわからない。だが、竜崎は妙に戸高に期待してしまうのだ。

午後五時過ぎに、妻の冴子から電話があった。

「事件は解決したようね」

「ああ。指揮本部からは解放された」

「じゃあ、今日は帰ってくるのね？」

「おそらく定時で上がる」

「忠典さんが家にくることになっているんだけど……。疲れているでしょう。またにしてもらう？」

「たしかに俺は疲れているが、それは忠典君が来ることとは何の関係もないだろう。彼は、美紀に用事があるんだろう？」

「無視するわけにはいかないでしょう」

「何か特別な話があるのか？」

「それはどうかしらね」

竜崎は、ふと考えた。

「ならば、俺から話がある」

「あなたから……？」

「六時前には帰る。じゃあ」

竜崎は電話を切った。

内線で斎藤警務課長を呼び出す。彼はすぐにやってきた。

「お呼びでしょうか？」

「ストーカー対策チームの戸高と根岸を呼んでくれないか」

今朝、帰宅しろと言ったが、きっともう出て来ているだろうと思った。

「了解しました」

斎藤が退室してから約五分後に、二人が署長室に現れた。やはり、出勤していたようだ。

戸高が言った。

「何すか」

「少しは休んだんだろうな？」

「あれからすぐに帰って、三時間ほどぐっすりと眠りましたよ」

竜崎は根岸にも尋ねた。

「君はどうなんだ？」

「はい。私もちゃんと寝ました」

「では、これから二人にちょっと付き合ってもらいたい」

「自分らに頼みたいことがあると言っていた件ですか？」

「そうだ」

「付き合えって……、どこに行くんです？」

「私の家だ」

20

事情は後で説明すると言って、竜崎は二人をともない、署長室を出た。

訳のわからない顔をしている二人を公用車に乗せ、自宅にやってきた。

玄関に見慣れない革靴がある。三村忠典はすでに来ているらしい。

「上がってくれ」

竜崎が言うと、戸高と根岸は顔を見合わせた。

冴子がやってきて言った。

「あら、お客さま？」

「刑事課の戸高と生安課の根岸だ」

冴子が一瞬、怪訝《けげん》そうな顔を竜崎に向けた。忠典が来ているのに、なぜ部下を連れて来たのかと、責めているのだろう。

竜崎は言った。

「忠典君と美紀はどこだ？」

「リビングルームです」

竜崎は、戸高と根岸に言った。

「いっしょに来てくれ」

竜崎たちが入っていくと、応接セットの忠典が立ち上がった。美紀は向かい側にいる。

竜崎は言った。

「話があるので、美紀は忠典君の隣に行ってくれ」

美紀は、戸高たちを見て眉《まゆ》をひそめながら、席を移動した。忠典は、どうしていいかわからない様子で立ち尽くしている。

竜崎は、美紀たちの向かい側に戸高と根岸を座らせた。そして、彼らを左右に見る位置にある一人がけのソファに腰を下ろした。

すでに忠典も座っている。

竜崎は忠典と美紀に言った。

「こちらは、大森署の戸高と根岸だ。ストーカー対策チームにいる」

忠典が、不審げに言った。

「ストーカー対策チーム……」

竜崎はうなずいて言った。

「ストーカー行為は犯罪だ。加害者にその気はなくても、被害者はひどく迷惑に感じるし、強い恐怖を抱くこともある」

忠典が慌《あわ》てた様子で言った。

「待ってください。これは何の話なんです？」

竜崎は忠典にはかまわず、戸高に言った。

「犯罪の芽は小さなうちに摘むに限る。そうだな？」

「おっしゃるとおりですね」

次は根岸に言う。

「つきまとい行為だけでなく、しつこく電話をかけたりメールをしたりというのも、ストーカー行為になるんだな？」

根岸が戸惑った様子で言う。

「それはもちろん、そうですが……」

戸高がそれを補うように言う。

「本人が迷惑をかけることを意図していなくても、ストーカー犯罪は成立します」

美紀が驚いたように言った。

「ちょっと待って。これって、忠典さんが私にストーカー行為をしたという話なの？」

竜崎は美紀に言った。

「この二人は、専門チームにいる。親身になってくれるはずだから、相談したほうがいい。そう思って連れてきたんだ」

美紀は、すっかり動転した様子で、二人を交互に見ていた。忠典も驚いた様子だった。

竜崎はさらに言った。

「忠典君は、しつこく電話をかけてきたり、メールをしてきたと聞いている。こうして自宅にやってきてもいる。本人は迷惑をかけているつもりはなくても、もし美紀が訴えたら、ストーカー犯罪として成立する。その事実を認知すれば、私が警察署長として警告することができる」

忠典は、すっかり戸惑った様子だ。

それに対して、美紀は徐々に腹を立てはじめた様子だ。

「待ってって言ってるでしょう。私は忠典さんのことをストーカーだなんて思ったことはないのよ」

「だが、間違いなく迷惑そうにしていた。ストーカーに関する話もしたはずだ。困ったらいつでも相談するといい、と……」

「相談することなんて、何もないわ」

「ストーカー行為は、知らないうちにエスカレートするんだ。最初は、単なるつきまとい行為でも、それが暴行や殺人に発展することがある」

「忠典さんが私を殺すとでも言うの？」

「一般論だ。だが、そういう可能性はゼロではない。言っただろう。犯罪の芽は小さなうちに摘んでおかなければならないと。それが父さんの仕事でもある」

「娘のプライベートに仕事を持ち込むの？」

美紀が竜崎を睨んだ。

竜崎は淡々と言った。

「刑事事件になれば、プライベートも何もない」

美紀は頭に血が上ったようだ。

そこに冴子が茶を運んできた。絶妙のタイミングだ。

冴子が茶を並べ終えると、美紀が言った。

「電話やメールにちゃんとこたえなかった私が悪いのよ」

「どうして、ちゃんとこたえなかったんだ？　忠典君のことが迷惑だったからじゃないのか？」

「そんなんじゃない。なんとなく面倒臭くて……」

　忠典が言った。

「あ、そうなんです。しつこくするつもりはなかったんですけど、返事がないのでつい……」

　美紀が言う。

「申し訳なかったと思ってる。忠典さんにはとても失礼なことをしたと思っている」

「いや、こちらもむきになっていたフシもあるし……」

「しつこくされると、よけいに無視したくなって……。でも、それは間違っていた」

「俺も、海外に行くと、連絡をしなくなるし……。美紀さんだけが悪いわけじゃない」

「いや、やっぱり私が悪かったと思うわ」

　竜崎は腕組みをし、だまって二人のやり取りを聞いていた。

　戸高が言った。

「どうします？　調べを始めますか？」

　美紀が慌てた様子で竜崎に言う。

「そんな必要ない。これからは、ちゃんと電話にも出るし、メールも返すから……」

竜崎は、あからさまに溜《た》め息《いき》をついてみせた。

「では、ストーカーの相談をする必要はないということだな」

「ない」

「せっかく専門チームの二人に来てもらったんだ。何か言っておくこととか、訊《き》いておくことはないか？」

美紀は、戸高と根岸に言った。

「すいません。父の早とちりなんです」

すると、根岸が言った。

「早とちりではありません」

美紀が目を丸くする。

「え……？」

「どんなことが大きな犯罪に発展するかわからないのです。ストーカーに端を発する重大事件は後を絶たないんです。身内であろうと何であろうと、それに対処しようとされた署長のご判断は、間違いではないと思います」

戸高が補足するように言う。

「……とまあ、堅っ苦しく言えばそういうことになりますが、要するに念のため、ということです」

「わざわざご足労いただきましたが、忠典さんはストーカーではありませんので……」

美紀のその言葉を聞き、戸高は竜崎に言った。

「では、私たちはもう用なしですね」

「食事でもしていったらどうだ？」

「いえ、正直に言うと、さっさと帰って寝たいですね」

仮眠三時間では、さすがに眠いだろう。

「本当に正直だな」

「では、失礼します」

戸高と根岸は、ほぼ同時に立ち上がった。竜崎は、玄関まで二人を見送った。

ふと気になって、根岸に尋ねた。

「まさか、今日は夜回りはやらないだろうな？」

「やりたいのはやまやまですが……」

彼女はちらりと戸高を見た。彼がふらふらだと言いたいのだろう。つまり、相棒と認めているわけだ。

「わかった。ごくろうだった。ゆっくり休んでくれ」

二人が玄関を出て行き、竜崎はリビングルームに戻った。

美紀が竜崎に言った。

「あれ、どういうことよ」

「説明したはずだ。犯罪の芽は……」

「忠典さんが犯罪者になるわけないでしょう」

「誰でも犯罪者になる恐れはある。犯罪者とそうでない一般人を隔てる垣根は、とても低いんだ。父さんもおまえも、何かのはずみで犯罪者になってしまうかもしれないんだ」

竜崎は言いながら、かつて息子の邦彦《くにひこ》の身に起きたことを思い出していた。たぶん、美紀もそうだったのだろう。彼女の口調がトーンダウンした。

「これからは、仕事が忙しいからといって、他のことをおろそかにしないで、ちゃんと考えるようにする」

冴子が台所から出て来て言った。

「さあ、食事にしましょう」

竜崎たちはダイニングテーブルに移動した。

食事の前に、忠典は竜崎に向かって頭を下げた。

「ご心配をおかけしてすみませんでした」

「気を悪くしたかもしれないが、理解してほしい」

竜崎はそう言って、忠典のグラスにビールを注いだ。


ビールを一缶飲むと、猛烈な睡魔に襲われた。それを察したのか、忠典は食事を終えると早々に引き上げていった。美紀が駅の近くまで送っていった。

くたくたの竜崎は言った。

「寝るぞ」

「お風呂《ふろ》は?」

「いい。起きたときにシャワーを浴びる」

寝室に向かった。寝間着に着替えてベッドに入ろうとしていると、冴子がやってきて言った。

「一芝居打ったわね?」

「何のことだ?」

「戸高さんたちを連れてきたことよ。美紀に自分の非をわからせるためでしょう」

「あいつは言ってもわからないからな」

「あなたに似てるのよ」

「父子《おやこ》だから似ていて不思議はない」

「とにかく、あなたにあんな機転がきくとは思わなかったわ。上出来よ」

「いいから、もう寝かせてくれ」

「戸高さんや根岸さんもいい芝居をしてたけど、打ち合わせをしたの？」

「いや。何も言ってない。あいつらは臨機応変に、俺に合わせてくれたんだ」

「いい部下ね」

「ああ、いい部下だ」

竜崎はベッドにもぐりこんだ。

冴子が明かりを消して寝室を出て行った。

翌日は金曜日で、大きな出来事もなくひたすら判を押して一日を終えた。

土日も呼び出しはなかった。月曜日の朝登庁すると、すぐに斎藤警務課長と貝沼副署長がやってきた。

いつものとおり、山ほど書類を持ってくるものと思っていたら、二人とも手ぶらだった。どうしたのだろうと思い、二人の顔を交互に見た。

貝沼副署長が言った。

「警務部長から、さきほどお電話がありました」

「警務部長から……」

時計を見ると、まだ九時前だ。警視正以上は国家公務員扱いだから、九時に出勤する者が多い。

だが、警視庁筆頭部長の警務部長ともなると、もっと早くから働いているようだ。

斎藤警務課長が心配そうな顔で言った。

「警務部長直々の電話だなんて、ただごとではありませんよ」

彼は心配性だ。いつも何かを気にかけているような顔をしている。竜崎は、まったく平気だった。

「何か用があるから電話をよこしたんだろう。折り返し電話をかけてくれ」

「わかりました」

斎藤警務課長が署長室を出ていった。

貝沼が言った。

「今回の事案に関して、何か不手際《ふてぎわ》はありませんでしたか？」

「不手際……？　いや、なかったと思うが……」

「現場で記者と話をされたと聞きましたが……」

おそらく記者が貝沼に伝えたのだろう。

「話はした。だが、余計なことは言っていないはずだ。捜査にも支障はなかった」

「そうですか……」

貝沼も竜崎のことを心配しているようだ。

ずいぶん変わったものだな、と竜崎は思う。大森署にやってきた当初は、貝沼は明らかに竜崎に対して反感を抱いていた。

いや、反感というのは言い過ぎにしても、警戒心を抱いていたはずだ。それが今は、身を案じてくれるのだ。

もしかしたら、自分もとばっちりを食うことを恐れているのかもしれないが、それでも心配してくれていることに違いはない。

電話が鳴り、出ると斎藤の声がした。

「警務部長につながっています」

「大森署の竜崎です」

「梶《かじ》だ」

警務部長の名前は梶洋太郎《ようたろう》。五十歳の警視監だ。

「お電話をいただいたと聞きました。出勤前で失礼しました」

「そういう場合は、席を外していたとか言うものじゃないのかね？」

「は……？」

「上の者に対して、あからさまに『出勤前』などとは言わないものだ」

「実際に、出勤前でしたので……」

「まあ、そんなことはどうでもいい。本部に、すみやかに出頭していただく」

「理由は？」

「特別監察の要請が出ている」

「特別監察……。私に対してですか？」

「今回の殺人及び略取・誘拐事件の指揮本部についてだが、まあ、君と同じくあからさまに言わせてもらえば、そういうことだ。君に対する特別監察だ」

「要請が出ているとおっしゃいましたね」

「言った」

「どこから出ているのですか？」

「そんなことは、君に言う必要はない」

「監察を受ける身としては、聞いておきたいのですが……」

「第二方面本部だ」

「なるほど……」

「いいか。すみやかに私のところに出頭しろ」

電話が切れた。

受話器を置くと、竜崎は考えた。

弓削本部長が警務部長に訴え出たに違いない。機動隊を引かせたことが、彼のプライドを傷つけたのだろうか。あんなことで腹を立てるとは、なんと薄っぺらなプライドだろうと、竜崎は思った。

携帯電話が振動した。伊丹からだった。

「はい、竜崎」

「聞いたぞ。特別監察だって?」

「今、梶警務部長と話をした。これから出頭する」

「どういう理由で監察を受けるんだ?」

「おまえ、俺のことじゃなくて、自分のことを心配しているだろう」

「そんなことはない」

「梶部長は、今回の指揮本部についての特別監察だと言っていたが、実際のところ、俺を吊《つる》し上げるつもりだろう」

「吊し上げる？」

「言い出したのは、第二方面本部だと言っていた」

「弓削か……」

伊丹は舌打ちしたが、どこかほっとした口調だった。やはり、自分が監察を受けることを心配していたのだ。

ターゲットが竜崎一人らしいとわかり、安心したに違いない。

伊丹の声が続いた。

「それで、どうするつもりだ」

「別に何もする気はない。訊かれたことにこたえるだけだ」

「おい、それで済むと思うか。弓削のやつは、きっとあの手この手で攻めてくるぞ」

「監察というのは、事実を明らかにすることだ。俺は別にやましいことは何もしていない」

「まったくおまえというやつは、世間知らずというか……」

「世間を知らないわけじゃない。これまで、ちゃんと生きてきたんだ」

「何か俺にできることがあれば言ってくれ」

「おまえは、指揮本部長だったんだ。もし、何か訊かれたら、指揮本部について包み隠さずすべて話してくれ」

「もちろんそうするつもりだが……」

「いや、おまえはすぐに都合の悪いことを隠そうとする」

「話を有利に導こうとはする。それが大人の判断だろう」

「それが裏目に出ることもある。とにかく、隠さずに話してくれ」

「わかった。そうしよう」

「じゃあ、俺は梶警務部長のところに行く」

「ああ。じゃあな」

竜崎は電話を切ると、すぐに外出の用意を始めた。警務部長のところに行くと言ったら、貝沼副署長が、表情を曇らせた。

「呼び出しですか？」

「特別監察だそうだ」

副署長は、絶句した。

「行ってくる」

公用車で警視庁本部にやってくる。

ここに来ると、ろくなことはないな。竜崎はそんなことを思っていた。かつて竜崎の主な活躍の場は、警視庁の裏手にある合同庁舎の警察庁だった。

警視庁本部庁舎そのものには、あまり馴染《なじ》みがない。

受付で来意を告げ、そのまま警務部に向かった。部長室の前には、決裁待ちの長い列ができていたが、竜崎は最優先で通された。

「入って、ドアを閉めてくれ」

竜崎は梶部長に言われたとおりにした。

梶は、いかにもキャリアらしい雰囲気を持っている。高級官僚が醸《かも》し出す独特の雰囲気だ。

中肉中背で、厳しく節制していることを物語っている。

竜崎が机の前で気をつけをすると、梶は言った。

「じきに、弓削第二方面本部長がやってくるはずだ。話はそれからにしよう」

それまで突っ立っているのだろうか。

竜崎がそう思ったとき、ドアがノックされた。

係員が顔を出して告げる。

「弓削第二方面本部長がお見えです」

竜崎は振り向いた。

弓削が入室し、竜崎を鋭く見つめた。

21

竜崎はなるべく、弓削のほうを見ないようにしていた。向こうは敵意を持っているのかもしれないが、竜崎のほうはまったく意に介していない。

眼を合わせると、対抗心があると思われるかもしれない。それもつまらない。

「監察執行官は、私ということになっている」

梶警務部長が竜崎に向かって言った。「今回は方面本部長に任せるわけにもいくまい」

警視庁の監察には、四つの種類がある。

総合監察、月例監察、随時監察、そして特別監察だ。

監察を実施するのは、監察執行官であると規程で決められている。そして、随時監察をのぞいて、すべて警務部長が監察執行官をやることになっている。

随時監察の監察執行官は、方面本部長と定められている。

また、総合監察、月例監察、特別監察であっても、警務部長は「必要により、その監察を方面本部長又は警務部長が指名する者に代行させることができる」ことになっている。

今回は、監察の要請が方面本部長から出されたということもあり、梶警務部長本人が、監察執行官をつとめるということだ。

訴え出た弓削に監察を任せれば、検察官に裁判官をやらせるようなものだからだ。

梶警務部長が言った。

「監察を始めるに当たり、弓削方面本部長の主張と、竜崎署長の言い分の双方を聞いておこうと思ってな」

梶部長はそう言って、弓削を見た。

弓削が言った。

「竜崎署長には、所轄《しょかつ》の署長の権限を越えた行為が数々あったのではないかと考えております」

「具体的にはどういうことだ？」

「略取・誘拐事件の指揮本部において、方面本部の指示もないのに、前線本部へおいでになりました」

梶警務部長は竜崎に尋ねた。

「それは事実かね？」

「そうですね」

「事実なんだね？」

「私が前線本部に出向いたことは事実です。しかし、方面本部の指示が必要とは思えませんでした」

弓削が竜崎に言った。

「所轄は、方面本部の指示に従うものです。警察の機構がそうなっているのです。それを無視しては、警察そのものが成り立たなくなります」

竜崎は、弓削を相手にしたくないので、梶部長に言った。

「指揮本部長は伊丹刑事部長でした。そして、刑事部長が私を副本部長に任命しました。つまり、私は指揮本部において本部長に次ぐ権限を与えられていたのです。ですからその権限において、自分の判断で前線本部に赴きました」

弓削が竜崎に言った。

「その伊丹刑事部長は、あなたの同期で、しかも幼馴染みだそうですね」

竜崎は弓削のほうを見ないままこたえた。

「そういうことは関係ありません」

「関係ないということはないでしょう。指揮本部において、あなたが副本部長となったのは、本部長が伊丹刑事部長だったからなのではないですか？」

竜崎は、梶部長に向かって言った。

「捜査本部や指揮本部において、刑事部長が本部長、そしてその本部が置かれている警察署の署長が副本部長をつとめるのは、ごく普通のことです。今回が特別なわけではありません」

梶はうなずいた。

「それは私も心得てはいるが……」

弓削が言った。

「たしかに、所轄の署長が副本部長をつとめる場合は多いです。だがそれは、方面本部長が臨席しない場合のことです」

それを聞いて梶部長がうなずいた。

「方面本部は、各所轄署を統括し、指導する立場にある。弓削本部長が言うことが正しいという気がする」

竜崎は梶部長に言った。

「連れ去り事件にかかる一一〇番通報があったのが、一月十三日の午前八時五十分頃だったと記憶しております。そして、その日のうちに大森署に指揮本部が設置されました。伊丹刑事部長が同日の十六時三十五分頃に、署長室にやってきて、私に本部長に次ぐ権限を持たせるということを確約しました。その時点で、まだ弓削本部長は指揮本部に臨席されておりません」

梶部長は、それを聞いてしばらく考えていたが、やがて弓削に尋ねた。

「それに間違いはないかね？」

弓削は、わずかにたじろいだ顔で言った。

「たしかに、その日は臨席しておりません。ですが、指揮本部が設置される旨《むね》の報告が所轄よりありませんでしたので……」

「捜査会議の後、方面本部長から電話をいただいたときに、そのことは報告したはずです。時刻は日勤の終業時間の頃でしたから、十七時十五分頃のことだったと思います」

梶部長は、弓削に確認した。

「それについてはどうだ？」

「は……」

弓削は次第に落ち着きをなくした。「……しかし、それはちゃんとした報告ではありませんでした」

竜崎は言った。

「指揮本部ができて、伊丹部長が臨席している旨は、間違いなく伝えました」

それに対して、弓削は何も言わなかった。

梶部長が弓削に尋ねる。

「その電話は、どういう用件でかけたものだ?」

「かねてから全所轄に要請していたストーカー対策チームの人選を、竜崎署長がようやく提出されたので……」

「ようやく提出した……」

「そうです。他の署はすでに提出済でした。大森署だけ、提出が遅れていたのです」

「ほう……」

弓削が、にわかに勢いを取り戻した。

「竜崎署長は、そういう点でも方面本部に非協力的というか、協調性を欠いたところがあると感じました」

仕事をしているのだ。協調性なんかよりも大切なことがあるだろう。

竜崎はそう思ったが、何も言わずにいることにした。

梶部長は竜崎に尋ねた。

就
去

「その人選の提出が遅れた理由は何だね？」

「遅れたとは思っておりません」

「何だって？　他の署はすでに提出済だったのだろう？」

「ストーカーは昨今、重要な事案となっております。ストーカーに端を発して重大事件に発展する例が後を絶ちません。事実、今回の指揮本部の事案もそうでした。警察庁の肝煎《きもいり》で各署にストーカー対策チームを作るのはアイディアとしてはすぐれていると思います。それを、形骸化《けいがいか》させてはいけないと思いました。限られた人員の中で、有効に機能するチームを作ろうとすれば、当然人選に時間がかかります。人数だけ合わせた形ばかりのリストは提出したくありませんでした」

「他の署がいい加減なリストを提出したというのかね？」

「はい」

竜崎のこたえに、梶部長は驚いた様子だった。

「そんなことはないだろう」

「事実、弓削方面本部長に呼び出されて本部を訪ねたときに、こう言われました。他の署は、ストーカー相談窓口の者との兼務が多い、と……」

「それではいけないのかね⁉」

「そのときに方面本部長にも申し上げたことですが、既存の相談窓口でストーカー犯罪に対処しきれていないから、新たに対策チームを組織することにしたわけです。既存の相談窓口との兼務では意味がありません」

梶部長は、しばらく考えてから言った。

「なるほど。真剣に考えればそれだけ時間がかかるというわけだな」

就「そういうことです」

「しかし……」

弓削が慌《あわ》てた様子で言った。「こういうことは、すみやかに事を進める必要があります」

「それはそうだな」

梶部長がうなずく。「チーム編成に時間をかけているその間にも、ストーカー事案は起きつづけているのだからな」

去「そうなのです」

弓削が言った。「ですから、私は再三、竜崎署長にリストの提出を急ぐように申しました」

「もちろん急ぎました」

竜崎は言った。「しかし、提出の早さを競っても意味はありません」

「提出が早いか遅いかではなく、竜崎署長のそうした一連の姿勢こそが問題なのだと思います」

「ほう、姿勢が問題……」

梶部長が聞き返した。

「そうです。組織の秩序をないがしろにするというか、他の者が懸命に守ろうとしている規範を無視するというか……」

梶が竜崎に尋ねた。

「その点について、何か言うことはあるかね？」

「組織の秩序をないがしろにしているつもりはありません。むしろ、現存の組織をいかにうまく運用するかについて、日夜考えています」

「組織をうまく運用する……？」

「日本の警察組織は、そこそこうまくできていると思います。キャリアとノンキャリアについての批判もありますが、それも使いようだと思っています。一番大切なのは、組織を合理的に運用することだと思います。その際に障害となるのは、縦割りの役割分担だとか、縄張り意識などです。そういうものを排除して、柔軟に運用すれば、警察組織はもっと効率よく運用できるはずです」

「それについては、私も賛成だね。警察の部署はどんどん細分化されていく。必要に応じてそういう措置がとられるわけだが、ともすれば、部署同士の連絡がうまくいかず、組織が硬直化する恐れがある」

弓削が反論した。

「だからといって、警察官としての規範を無視してはならないと思います」

竜崎は梶部長を見て言った。

「規範を無視したつもりはありません。これまで常に警察官としての規範を大切にしてきたつもりです」

弓削が竜崎に言った。

「所轄は、方面本部の指導に従う。それが規範であり、組織の秩序というものでしょう」

竜崎は、部長室に来て初めて、弓削のほうを見て言った。

「おっしゃるとおりです。しかし、方面本部も所轄の事情をしっかりと把握なさることです。その前提がなければ、規範も秩序も成り立ちません」

「そうするように、努力しているつもりです」

「そういえば、大森署の女性警察官にお会いになりたいとおっしゃっていましたね」

「別に他意はありませんよ。優秀な警察官だと署長が言われるので……」

梶部長が弓削に言った。

「指揮本部において、竜崎署長の越権行為があった。それについて、調べるべきだというのが、方面本部長の言い分だね？　それに対して、竜崎署長は、越権行為ではなく、副本部長としての権限の範囲で行動したと主張しているというわけだ」

「私が不在のときに、竜崎署長が副本部長となることが決められました。私が臨席した際に、それが改められるべきだったと思います」

弓削がそう言うと、梶部長が尋ねた。

「どういうふうに改められるべきだったと言うんだね？」

「当然、私が副本部長となるべきでした」

竜崎は言った。

「しかし、実際にそうはなりませんでした。それを決定したのは、指揮本部長だった伊丹刑事部長であり、彼にはそれを決定する権限がありました」

弓削が言った。

「先ほども指摘しましたように、伊丹刑事部長は、竜崎署長とは同期で、しかも幼馴染みです」

竜崎は説明するのも面倒くさくなった。まあ、たしかに伊丹が刑事部長であることを、うまく利用しているところはある。そういう自覚があるから、竜崎は黙っていた。

梶部長が弓削に尋ねた。

「幼馴染みである伊丹部長が、竜崎署長を不当に重用して副本部長の座につけたということかね？」

「まあ、極論すれば、そういうことになります」

反論するのもばかばかしいと、竜崎は思った。指揮本部の副本部長は名誉職などではない。責任だけを負わされる損な役回りだ。

副本部長になったからといって、いいことなど一つもないのだ。

だが、黙っていると相手の言い分を認めたことになる。それが討論の原則だ。

アメリカ人などは、子供の頃から学校でディベートの訓練をする。民主主義において、討論が重要だという認識があるからだ。

だから、アメリカ人は相手を言い負かすことが美徳とされている。選挙になると、必ず討論会が開かれ、その様子が投票に大きく影響する。

日本人は、黙っていても相手が意思を汲《く》んでくれると期待しがちだ。だが、実証を重視する世界では、その思いは通用しない。

そして竜崎はまさにその、実証を重んじる世界で仕事をしているのだ。

竜崎は言った。

「指揮本部が発足した時点で、臨席した幹部は、伊丹刑事部長、田端捜査一課長、そして私の三名でした。弓削方面本部長が指揮本部にいらしたのは、翌日の午前三時二十分頃です。略取・誘拐事件ですから常に事態は進行し変化します。途中から本部に参加された方面本部長に、副指揮本部長をお任せするわけにはいきません」

梶部長が弓削に尋ねる。

「午前三時二十分？　そんな時間に指揮本部に出向いたのはなぜだ？」

「午前二時四十分頃でしたか……。竜崎署長から、誘拐の被害者と思われていた寺川真智子が、友人にメールを送ったという知らせがあったのです。下松洋平の自宅マンションに人質として囚《とら》われているという内容のメールだと、竜崎署長はおっしゃいました」

「それで……？」

「人質を取った立てこもり事件ですから、さまざまな対応が必要になると思い、私は指揮本部に向かうことにしました」

竜崎は言った。

「刑事部長が指揮本部に向かっていると、私が言ったからじゃないんですか？」

弓削が竜崎に言った。

「それの何がいけないのでしょう。刑事部長が臨席されるというのなら、当然私も出向くべきでしょう」

竜崎は何もこたえなかった。

弓削にとって重要なのは、自分より偉い人が出席する場に顔を出すことなのだろう。指揮本部で自分に何ができるのか、などということは、あまり考えないらしい。

梶部長が弓削に言った。

「経緯を聞く限り、その時点で副指揮本部長を竜崎署長から君に替えるというのは、あり得ないことのように思えるが……」

「いかなる場合でも、しかるべき立場の人間がしかるべきポストにつくべきです。そうでないと、無用な混乱を招くことになります」

「それは、君ではなく竜崎署長が副指揮本部長をやったことで、混乱が生じたという意味かね？」

「そうだと思います」

「どのような混乱が生じたんだ？」

「私の指示もないのに、勝手に前線本部に行ったこと自体が混乱だったと思います」

「捜査上、必要なことだったと思います」

竜崎は言った。「私の行動が事態の混乱を招いたとは思えません」

弓削が言った。

「竜崎署長は、前線本部の近くで、勝手に記者会見を開きました。これも明らかに、越権行為であり、機密漏洩《ろうえい》の危機を招いたと言えるでしょう」

「記者会見？」

梶部長が竜崎に尋ねた。「本当なのか？」

「記者会見を開いたわけではありません。前線本部から指揮本部に戻る際に、記者たちに囲まれたのでコメントしただけです」

「どのようにコメントしたんだね」

「どうして機動隊が引きあげたのかと尋ねられたので、その必要がなくなったからだ、とこたえました」

弓削が割って入った。

「竜崎署長は、警察が犯人にだまされたと記者に語ったということです」

梶部長が竜崎に尋ねる。

「本当か？」

「だまされたとは言っておりません。あらゆる情報に対処するのが捜査だと申しました。さらに、機動隊の配備は失態ではないのかと、尋ねられましたが、それについても、決して失態ではないとこたえました。当初銃を持った犯人が立てこもっているという情報があり、それに対処しただけのことだ、と……」

俺は、あんたをかばってやったのだと、弓削に言いたかったのだ。だが、どうやらそんな思いは伝わらなかったようだ。

弓削は言った。

「私が言いたいのは、その機動隊の件です。私が配備した機動隊を、竜崎署長は勝手に撤退させたのです。ご存じのとおり、警備指揮権は方面本部長にあります。機動隊の出動要請や撤退については、私に指揮権があるのです。竜崎署長はそれを無視なさいました」

「方面本部長の警備指揮権を無視」

梶部長はつぶやいた。「それは看過することはできないな……」

弓削の本命は、この警備指揮権だ。場合によっては、まずいことになるな。竜崎はそう考えていた。

22

梶部長は、竜崎に尋ねた。

「それについては、どう説明する？」

「マスコミに言ったように、機動隊の配備そのものについては、間違いではなかったと思っています。銃器を持った立てこもり犯がいるという情報があり、それに対処したわけですから……。しかし、それが誤情報だと判明したのだから、機動隊はすみやかに撤退させるべきだと考えました」

「その時点で誤情報だというのは確かだったのか？」

「間違いありませんでした」

「どうやって確認したのだ？」

「現場にいたＳＩＴの係員が、犯人が立てこもっていると思われていた下松洋平の自宅マンションが無人であることを確認したのです」

「ＳＩＴか……。誘拐や立てこもり事件の専門家だな……」

「そうです。彼らが確認したのだから、間違いはないと判断しました」

「しかし、君に機動隊を動かす権限はない。君は所轄の署長に過ぎない。さらに言えば、指揮本部長だった伊丹刑事部長にもその権限はないんだ。捜査指揮権は刑事部長にあるが、警備指揮権だけは、方面本部長のものだ」

「それはもちろん存じております。しかし、機動隊が出動したことで、マスコミの注目を集めてしまいました。放置しておくと騒ぎがどんどん拡大すると考え、機動隊を撤退させるべきだと判断しました。警備指揮権のことは心得ておりましたので、下松洋平が銃を所持しておらず、当該マンションが無人だと思われた段階で、まず真っ先に弓削方面本部長に、機動隊と銃器対策レンジャーの撤退をお願いしました」

「それで……？」

「弓削方面本部長は、それを拒否されました」

梶部長は弓削に尋ねた。

「なぜ拒否したんだ？」

「下松洋平が本当に銃を所持していないのか。そして、マンションは本当に無人なのか。私は、それらの事実をその時点で確認していなかったのです」

竜崎は言った。

「ＳＩＴが確認しました。そして、私はその現場におりました。私は確実な情報を得てそれを方面本部長にお伝えしました」

「もし、私が撤退を命じて、その後、署長からの情報が誤りだったりしたらどうします？　私には情報を確認する責任があったのです」

「いえ、その責任は私にありました」

竜崎はきっぱり言った。「私は前線本部に赴き、現場の全責任を負っていたのです。あのまま、機動隊と銃器対策レンジャーを放置しておいたら、マスコミの報道が過熱し、ヘリが飛び交う事態になったでしょう。その後で、部屋が空だったと発表するはめになったら、それこそ警察への批判が相次ぐことになったと思います」

「なるほど……」

警務部長がわずかに身を乗り出した。彼の琴線に触れたようだ。立場上、警察への批判という言葉には敏感なのだ。

「しかし、繰り返しますが、警備指揮権は私にあります」

弓削が言った。「そこは譲れません。竜崎署長は、それを無視して機動隊と銃器対策レンジャーを撤退させたのです。その事実については、監察が必要だと思います」

竜崎は言った。

「では、こちらも繰り返しますが、私は現場で犯人は銃を持っておらず、マンションに立てこもってもいないということを確認しました。その時点で、警備事案ではなくなっていると、判断したのです。副指揮本部長である私には、それを判断する権限があったはずです」

梶部長は、竜崎と弓削を交互に見た。そして、おもむろに言った。

「君たちの言い分は理解した。追って連絡する。以上だ」

また呼び出されるはめになるのか。ならば、今日この場で決着をつけてほしい。

竜崎はそんなことを思ったが、監察となれば、そう簡単にはいかないのだろう。余計なことは言わず、一礼をして部長室から退出することにした。

「誤解しないでいただきたいのですが……」

部長室を出ると弓削が言った。

「私は、署長のことが憎くて特別監察を願い出たわけではないのです」

竜崎は相手にしたくなかった。別に腹を立てているわけではなかった。無駄なことに煩《わずら》わされたくないのだ。

だが、好奇心がわいた。なぜ声をかけて引き止めてまで、こんなことを言うのだろう。

「では、なぜ特別監察をしようなどとお考えになったのですか？」

「今のままでは、署長は必ず足元をすくわれるでしょう。今回の監察を機に、よくお考えになっていただきたいのです」

竜崎のためだ、とでも言いたいのだろうか。

「反省しろということなのでしょうが、私は間違ったことをしたとは思っていません。ですから、反省の必要などないと考えています」

「あなたは、所轄の署長で終わるような方ではないはずです。今後、いろいろな立場を経験されるはずです。ですから、申し上げているのです。組織の論理や警察のしきたりなどを無視しては、損をされることになります」

「損をする……？」

竜崎は、不思議に思った。「それが何だと言うのです。私は公務員です。私個人が得をするだの損をするだの、一度も考えたことはありません」

「それはごりっぱなたてまえですね……」

「たてまえだと思われるのはそちらの勝手ですが、私は本音を語っているつもりです」

「キャリアなのですから、出世をお考えのはずです。ご家族の不祥事で降格人事があったからといって、将来をあきらめることはありません」

「私は何もあきらめてはいません。何を拝命しようと人事は人事です。与えられた部署と立場で精一杯のことをやるだけです」

「本音をお話しだと言われましたが、とてもそうは思えませんね」

「本音ですよ」

弓削は、あきれたような顔になった。

「変人だという噂《うわさ》は本当だったのですね」

「私は自分を変人だと思ったことはありません」

「とにかく、降格人事が繰り返されることがあっては損をなさるだけだと申しているのです」

「人事に損も得もないでしょう。どこに行っても、私は自分が正しいと思うことをやるだけです」

「不思議ですね……」

「何がですか？」

「話をしているうちにだんだんと、あなたが本気でそうお考えのような気がしてくるのです」

「言ったはずです。本音です」

弓削は、毒気を抜かれたような顔になった。

「とにかく、監察の結果を待つことにしましょう。では、失礼します」

弓削は歩き去った。竜崎はしばらく立ち尽くして、その後ろ姿を眺めていた。


大森署に戻ったのは午前十一時近くだった。まだ応接セットのテーブルに並べられた書類は手つかずだ。

とんだ時間の無駄だった。遅れた分を取り戻そうと思い、さっそく判押しを始めた。そこに、貝沼副署長と斎藤警務課長がやってきた。二人とも、心配そうな顔をしている。

貝沼副署長が言った。

「特別監察ということでしたが、どうなりました？」

これ以上時間を無駄にはできない。竜崎は判押しをしながら言った。

「今日のところは、弓削方面本部長といっしょに事情を聞かれただけだ。これから本格的な監察が始まるのだと思う」

斎藤警務課長が暗い表情で鸚鵡《おうむ》返《がえ》しにつぶやく。

「本格的な監察が始まる……」

「そうだ。指揮本部の記録を調べ、関係者に話を聞くんだ」

貝沼が尋ねる。

「何か、監察をされるお心当たりでも……？」

「文句をつけようと思えばいくらでもつけられる。それが監察だよ」

「しかし、よほどのことがなければ特別監察などやらんでしょう」

「そうでもない。特に方面本部長あたりが言い出せばな……」

貝沼と斎藤は顔を見合わせた。

視線を竜崎に戻し、貝沼が言う。

「弓削第二方面本部長が言い出したことなのですね？」

「そういうことらしい」

「指揮本部で、弓削方面本部長と何かあったのですか？」

「たいしたことじゃない」

竜崎は、機動隊と銃器対策レンジャーを撤退させた経緯について、簡単に説明した。

斎藤が貝沼の顔を見て、貝沼が溜め息《たいき》をついた。

「警備指揮権を無視したことは問題ですね」

「警備事案じゃないんだ。指揮権もへったくれもない」

「弓削方面本部長は、面子《メンツ》を潰《つぶ》されたと感じたのではないでしょうか」

「立てこもり事件だと思っていたが、そのマンションは無人だった。犯人と人質の行方を大急ぎで追う必要があった。誰かの面子を考えているようなときではなかった」

「どんなときでも、自分の面子が何より大切、という人物はいるものです」

「そんな人物に、こちらが合わせる必要はない」

　斎藤警務課長が不安そうな顔で言った。

「監察の結果、どういうことになるのでしょう……」

「監察執行官から所属長に改善の指示がある。さらに、どういう内容であれ、警視総監と都の公安委員会に報告されることになる」

　斎藤が尋ねる。

「所属長というと、署長のことですか？」

「どうだろう。大森署に対する監察なら、そういうことになるだろう。だが、今回は指揮本部に対する特別監察だということだから、所属長は指揮本部長だった伊丹ということになるんじゃないのか？」

　それを聞いて貝沼が言った。

「……あるいは、大森署などの所轄を統括する第二方面本部長……」

竜崎は、判押しをしながらかぶりを振った。

「まさか、言い出しっぺに改善の指示は出さないだろう」

「わかりませんよ」

貝沼が言う。「自分の一存では署長を処分することはできない。それで、警務部長に、おそれながら、と申し出て、お墨付きをもらうことにしたということかもしれません」

斎藤警務課長が慌てた様子で言う。

「処分ですか？　弓削方面本部長は、署長を処分するために、特別監察を持ち出したということですか？」

「そういうこともあり得る」

二人のやり取りに、竜崎は顔をしかめた。

「方面本部長に俺を処分する権限などない」

貝沼が言う。

「やりようはあります。改善のため、という大義名分で……」

貝沼は海千山千だ。警察内でこれまで、多くの事を見聞きしてきたはずだ。それだけに発言に重みがある。

だからといって、何も恐れることはないと、竜崎は思った。間違ったことは何もしていないという自信があった。

斎藤警務課長が貝沼副署長に言った。

「どういう処分があり得ますか？」

「そうだな……。まさか、懲戒免職はないと思うが……」

「停職とか……」

「それもあるまい。せいぜい弓削方面本部長からの訓戒程度のことだと思うが、問題はその後だな」

「その後と言いますと……」

「公安委員会がどう考えるか、だ。何らかの動きがあるかもしれない」

「何らかの動き……」

「例えば、時ならぬ人事異動とか……」

竜崎はついに手を止めて言った。

「そういう話は、本人がいないところでしてくれないか」

貝沼は、真剣な表情で竜崎を見て言った。

「通常監察は、会計措置や事務処理が適切だったかどうかを調べるものです。ですから、監察後も、所属長に対して改善の指示が出されて終わりです。しかし、今回の特別監察は、対象が指揮本部だというのですから……。私はそんな例を知りません」

「対象は俺だと、梶警務部長はあからさまに言っていたよ」

「ですから、充分に注意をされないと……」

「注意したところで、どうしようもない。警務部長直々の監察だ。その内容は公安委員会に報告される。話はすでに私の手の届かないところで進んでいるんだ。ただ、次の沙汰《さた》を待つしかない」

「はあ……」

貝沼は釈然としない表情でそうつぶやいた。

竜崎は斎藤に尋ねた。

「それより、ストーカー対策チームの活動はどうだ？　せっかく組織したのだから、それなりの効果を上げてもらいたいものだ」

斎藤が表情を引き締めた。

「笹岡生安課長から報告させましょうか？」

竜崎は、判押しを再開して言った。

「たのむ」

貝沼と斎藤が署長室を出て行った。

ドアはいつもどおり開け放たれている。

しばらくすると、笹岡生安課長がやってきた。

「お呼びですか？」

「ストーカー対策チームはどうだ？」

「まだ、運用が始まったばかりですから……」

「どのように運用しているんだ？」

「既存のストーカー相談窓口に寄せられた事案のうち緊急度の高いものなどに、チームの人員を振り分けて直接当たらせています」

「どのような振り分け方をしているんだ？」

「通常どおり二人一組です」

「戸高と根岸は組ませているのか？」

「ええ。指揮本部でもいっしょだったでしょう？　ですからそのまま組ませました」

竜崎はうなずいた。

「けっこうだ」

それで話を終わりにしようと思った。書類に判を押し、ふと顔を上げると、まだ笹岡課長が立っていた。

「どうした？　何か言いたいことがあるのか？」

「あの……。特別監察だそうですね」

竜崎は驚いて言った。

「誰からそんなことを聞いたんだ」

「いえ……。なんとなく噂になっています」

こういう噂が流れるのは早い。おそらく、竜崎が警視庁本部に出かけている間に広まったのだろう。

「どうということはない」

「異動もあるかもしれないという噂もありますが……」

「どうなるかは、神のみぞ知るだ。いや、警務部長と公安委員会次第かな」

「まあ、私らにとっては、本部の部長や公安委員会なんて神さまみたいなもんですけどね……」

「何も心配することなどない。通常どおり仕事をしてくれ」

「はあ……」

「まあ、異動があったとしても、別に驚くことはないだろう。署長なんて、二、三年で入れ替わることも珍しくないからな」

笹岡課長が目を丸くして言った。

「やっぱり異動なのですか？」

竜崎はその反応にまた驚いてしまった。

「俺は一般論を言ったまでだ。俺が異動になると言ったわけではない」

携帯電話が振動した。伊丹からだった。

「いいか、妙な噂に惑わされるんじゃないぞ」

笹岡課長にそう言ってから、竜崎は電話に出た。「竜崎だ」

笹岡課長は礼をして署長室を出て行った。

伊丹の声が聞こえてきた。

「聞いたぞ。飛ばされるかもしれないんだって？」

こいつもか……。

竜崎は、うんざりした気分で言った。

「何の話だ」

「弓削のやつは、おまえを飛ばすつもりで監察をしろと言い出したんだな」

「どこの誰がそんなことを言ったんだ」

「噂だよ。とにかく、あいつはおまえに、警視庁にいてほしくないわけだ。だから、どこか地方に追い出そうと考えたわけだな」

「俺は国家公務員だ。だから、日本中のあらゆる場所が職場になり得る。そんなことは先刻承知の上だ」

「おまえは承知の上でも家族はたいへんだぞ。美紀ちゃんは就職してそれほど経《た》っていないし、邦彦君だって大学があるだろう」

「俺の家族の心配はいらない」

「それにしても腹が立つな」

「何がだ？」

「弓削のやつだ。あの野郎、警備指揮権を持ち出して、指揮本部の主導権を握ろうとしやがったんだ」

「刑事部長ともあろう者が、品がないぞ」

「いいんだよ。おまえしか聞いてないんだから」

「おまえはまだ呼び出されていないのか？」

「まだだな」

「繰り返し言っておくが……」

「わかってるよ。小細工はするな、だろう」

「そうだ。ありのままを話せ」

「そうするつもりだ。じゃあな」

電話が切れた。

伊丹は何の目的で電話してきたのだろう。

地方へ異動になるという噂があると知らせてくれたのだろうか。

警視庁本部内でそういう噂があるということは、ひょっとしたら本当になる可能性があるのかもしれない。

竜崎はふと、そんなことを考えた。

23

伊丹から再び電話があったのは、その日の午後三時過ぎだった。

署に戻ってからは、署長の仕事を順調にこなして、ずらりと並んでいた書類もかなり片づいてきていた。

竜崎は、判押しを続けながら、電話の向こうの伊丹に言った。

「どうした？　何かあったか」

「警務部長からの呼び出しだよ。忙しいのに、一時間以上あれこれ事情を訊《き》かれた」

「忙しいなら、いちいち電話してこなくてもいい」

伊丹は竜崎の言葉を無視して言った。

「おまえにも心の準備が必要だと思って、こうしていろいろな情報を流しているんだ」

「別に心の準備など必要ない」

「そう言いながら、実はどきどきしてるんじゃないのか？」

「おまえは残念に思うかもしれないが、まったくそんなことはない」

「本当だとしたら、やっぱりおまえはたいしたやつだよ。今しがた、解放されたところだ。梶部長は、けっこう粘着質だからな……」

「こっちは仕事が溜まっているんだが……」

「忙しいのは俺も同じだ。おまえのせいで、梶部長に呼び出されたようなもんなんだ」

「それで、何を訊かれた」

「やっぱり気になるんだろう」

「気にはなる」

「最初からそう言えばいいんだ」

伊丹はうれしそうに言った。

なぜだろうと、竜崎は思った。

おそらく、竜崎が困っているのがうれしいのだろう。いや、もっと正確に言うと、自分が竜崎を助ける立場になれるのがうれしいのだ。それだけ自分が優位に立っているということになるからだ。

もちろん、竜崎にとっては伊丹のそんな思惑など、どうでもよかった。

伊丹の言葉が続いた。

「梶部長は、指揮本部において、おまえの越権行為がなかったかどうかを調べているようだ。本部でのおまえの振る舞いをいろいろと尋ねられたよ」

「それで……？」

「ひとつも問題はなかったとこたえた」

「具体的にはどんなことを訊かれたんだ？」

「そうだな……。指揮本部の司会は誰がしたのか、とか、おまえは会議ではどのように発言したか、とか……」

「会議での発言……」

「つまり、指揮本部の主導権を握っていたかということを知りたかったんだろう」

「俺は副本部長だったから、本部長のおまえがいないときは主導権を握るのが当然だ」

「わかっている。ちゃんとそう言ったよ。そして、弓削が横槍《よこやり》を入れて主導権を握ろうとしていたことも話した」

「それはありがたいな」

正直な気持ちだった。

「まあ、弓削の話でどちらに転ぶかは微妙だな……」

伊丹の言葉に、竜崎は眉《まゆ》をひそめた。

「それは、どういうことだ？」

「もともと今回の特別監察を言い出したのは弓削だそうだな？　梶警務部長はそれを呑《の》んだ。二人は同じ陣営にいると考えたほうがいい」

「警務部長はあくまで中立だろう」

「おまえは本当におめでたいな。弓削と梶部長が組んでおまえを警視庁から追い出そうとしているのかもしれないんだぞ」

「弓削はそんなことを考えているかもしれないが、警務部長に俺を追い出そうとする理由はない」

「弓削の口車に乗せられているのかもしれない」

「梶部長が弓削などに丸め込まれたりするだろうか」

「そういうことだって、ないわけじゃないという話だ。警戒するに越したことはない。弓削は警備指揮権を持ち出したようだな。それだけに注目したら、たしかにおまえは警察のルールを無視したことになる」

「なんのためにルールがあるのかを考えるべきだ。あのとき、機動隊を待機させておくか、すみやかに撤退させるか、どちらにメリットが大きいか、現場にいれば明らかだった」

「それはわかっているさ。俺は前線本部にいたおまえの判断を信じている。問題は、監察執行官である梶部長がそれをどう判断するか、なんだ」

「他人がどう判断するかを心配しても仕方がない。それについて、できることはないんだからな」

「できることはないだって？　おまえは根回しという言葉を知らないのか」

「そういうことは必要ないと言ってるだろう。真実が何より強いんだ」

「そんな理想論は現実には通用しないんだよ」

「理想論じゃない。目先のことに気を取られるから本質が見えなくなるんだ。総合的に考えれば、結局は真実に勝るものはないということがわかるはずだ」

「弓削は今頃、関係者を抱き込むために躍起になっているはずだ」

「関係者を抱き込む……？」

「たとえば、前線本部で指揮をとっていたＳＩＴの係長とか、機動隊の小隊長とか……」

「ばかばかしい。そんなことをして何になるんだ」

「少しでも自分に有利な発言をさせたいんだ」

「SITの葛木係長や、機動隊の棚橋小隊長が、事実をありのままに述べてくれるのを期待するしかない」

「期待だけじゃ人は動かない」

「言っただろう。根回しのような小細工は必要ない」

伊丹の溜め息が聞こえた。

「まあ、おまえがそう言うんだから、俺はもう何も言わない。だがな、勝つために努力をするのは悪いことじゃない」

「勝ち負けの問題じゃない。何が正しくて、何が間違っているのかという問題だ」

しばらく無言の間があった。伊丹は何か考えているらしい。

やがて彼は言った。

「異動の噂が気になる。なるべく情報を集めてみるつもりだ」

「忙しいんだろう。俺のことはもう気にするな」

「また連絡する。じゃあな」

電話が切れた。

竜崎は、携帯電話をしまうと、判押しを続けた。

その日は大きな事件もなく、午後七時には帰宅できそうだった。机上の片づけを済ませて署長室を出ると、出入り口脇《わき》の副署長席にいた貝沼が声をかけてきた。

「お帰りですか」

「ああ。お先に……」

「あの……」

「何だ？」

「異動の噂があるというのは本当ですか？」

「誰からそんなことを聞いた？」

「私は斎藤課長から聞いたのですが、斎藤課長は本部の誰かから聞いたようです」

「噂があることは事実のようだな」

「恐れていたとおりになりましたね……」

貝沼の言葉に、竜崎はこたえた。

「噂は事実だが、異動が事実なわけじゃない。噂に惑わされないでくれ」

「はあ……」

「署長が二、三年で入れ替わるのは普通のことだろう。そのために副署長がいるんだ。それほど気にすることじゃない」

「おっしゃるほど簡単なことじゃないんですよ、トップが替わるということは」

「だが、受け容《い》れるしかない。それが警察署というものだろう」

貝沼は、なぜか淋《さび》しそうな顔をしていた。

「そのとおりですね。人事は受け容れるしかありません」

「まだ何も決まったわけじゃない。もし、妙な噂で署内が浮き足立っているのだとしたら、君が引き締めてくれなくては困る」

「おおせのとおりです。しかと承りました」

竜崎はうなずいた。

「じゃあ、お先に」

玄関を出ようとすると、外から戸高が戻ってきたところだった。

「一人か？」

「一人ですが、何か……？」

「根岸はいっしょじゃないのか？」

「いつもいっしょにいるわけじゃありませんよ」

「まあ、それはそうだろうな」

そのまま歩き出そうとすると、呼び止められた。

「何だ？」

「署長がどこかに飛ばされるって話、本当ですか？」

「おまえもか……」

竜崎はうんざりした気分で言った。「おまえは、そんなことは気にしないと思っていたんだがな」

「本当なんですか？」

「ただの噂だ。本当かどうか、まだわからない」

「じゃあ、そういうこともあり得るということですね？」

「そりゃあ、警察官なんだから異動はいつでもあり得る。特に幹部はな」

「そうですか……」

「何か言いたいことがあるのか？」

「いえね……。署長がいなくなると、つまらなくなるな、と思いまして……」

「驚いたな。てっきり俺のことを煙たがっていると思っていたんだが……」

「煙たいですよ。でも、毒にも薬にもならない上司よりはずっといい」

「それは、ほめ言葉として受け取っておくよ」

「いつわかるんですか？」

「だから、ただの噂でしかないと言ってるだろう。監察の結果と人事はまた別問題だ」

「監察……？」

戸高が怪《け》訝《げん》な顔をする。「それは何の話です？　署長が監察の対象になるということですか？」

「なんだ……。そのことは知らなかったのか。藪蛇《やぶへび》になったようだな」

「何のための監察です？」

「今回の指揮本部が適正に運用されたかどうかの監察だ。気にすることはない」

「なるほど、異動があるという噂の火元はその辺だったわけですね」

「……らしいな」

「それで、やばそうなんですか？」

「警務部長次第だ」

「そうですか……」

「この際だから、俺のほうからも一言、言っておく」

「何ですか？」

「おまえは頼りになる捜査員だ。だから、もう少し勤務態度を改めるべきだ」

戸高はさっと肩をすくめた。

「今さら自分を変えようとは思いませんよ」

「損をするぞ」

「それ、署長に言われたくないですね」

「まあ、それならそれでいい」

竜崎は歩き出した。同時に、戸高も逆方向に歩いて行った。


自宅に戻ると、妻の冴子が言った。

「あら、早いのね」

「ああ。美紀はまだか？」

「仕事」

「よく働くな。いいことだ。邦彦は？」

「友達と出かけている」

「勉強はしているんだろうか」

「どうかしらね」

世界の中で日本の大学生が一番勉強をしないだろうと、竜崎は思っていた。受験で精力を使い果たし、大学の四年間は社会へのモラトリアムとして過ごす。そんなことが許されるのは日本だけだろう。

だから、大学を出ても英語の一つもしゃべれないということになってしまう。

監察のこととか、異動のことを、話しておかなければならないと思った。

地方に引っ越し、などということになれば、一番苦労するのは妻だ。

振り向いた妻が言った。

「あら、どうかした？　そんなところでぼんやりして……」

「ああ……」

「何か言いたいことがあるのね」

「指揮本部の運用について、監察を受けることになった」

「監察……？　あなたが？」

「対象は指揮本部全体ということになっているが、事実上は俺個人の監察らしい」

「ふうん……」

「言い出しっぺは、弓削方面本部長だ」

「方面本部長？」

「どうやら俺のことが気に入らないようで、俺をどこかに飛ばしたいらしい。それで、警務部長を焚《た》きつけた」

「異動になるということ？」

「警務部長次第だ」

「そう」

「すまんな」

「何が？」

「地方に異動ということになれば、またいろいろと苦労をかけることになる。俺が警視庁内でうまく立ち回れば、もしかしたら防げた事態かもしれない」

「余計なことは考えないの」

「余計なこと……？」

「そう。警察官に異動は付きもの。そんなことは百も承知よ。しかもキャリア組は日本中を回る。時には外国に赴任することもある。地方への異動が怖くて警察官僚の妻なんてやってられないのよ。こっちはいつ何時《なんどき》でも覚悟はできているの」

「美紀や邦彦はどうする」

「独り立ちしてもらいましょう。美紀はもう社会人なんだから、自分の給料で暮らしていけるでしょう。邦彦だってアパートを借りれば済むことよ。そんなことを考えてる暇があったら、もっと国のことを考えなさい」

「そうだな」

竜崎は気分が軽くなった。「では、そうしよう」

着替えるために寝室に行こうとすると、冴子の声が聞こえてきた。

「でも、その弓削っていう方面本部長には腹が立つわね」

「いや」

竜崎は寝室に向かった。「小者には腹も立たない」

24

それからは何事もなく三日経った。とはいえ、警察署長の日常だから多忙だ。目の前の仕事に追われているうちに瞬《また》く間に時間が過ぎた。

監察のことを忘れていたわけではないが、気にしている暇がなかった。

斎藤警務課長がやってきて、梶警務部長から電話だと告げたとき、そういえば監察の結果がまだだったと思い出した。時計を見ると午前九時半を過ぎたところだ。

竜崎が電話に出ると、梶警務部長が言った。

「こちらへ来てもらえるか」

なんだか、前回よりトーンダウンしているように思える。

「すみやかにうかがいます」

仕事を中断して本部庁舎に出かけることにした。斎藤警務課長にその旨《むね》を伝える。

すると、斎藤は心配そうな顔で言った。

「監察の結果が出たということでしょうか……」

「そうかもしれない」

「早過ぎませんか?」

「そうか? 特別監察の結果というのは、通常、どれくらいで出るものなんだ?」

「さあ……。私はよく知りません。ですが、面倒な事案だと一カ月くらいかかることもあるんじゃないでしょうか」

「じゃあ、俺の事案は面倒じゃなかったということなんだろう」

「それはいいことなのでしょうか」

「わからん。とにかく行ってくる」

竜崎は公用車で本部庁舎に向かった。

いつものように警務部長室の前には、決裁待ちの行列ができている。前回同様に竜崎は、それを飛び越えて入室した。

部長室には弓削がいた。竜崎は彼に目礼した。

梶警務部長が竜崎に言った。

「ご足労いただき、済まない」

前回は、こんなことは言わなかった。対応が悪くなったわけではないが、変化は気になる。

竜崎は黙っていた。自分がここに来るまで、梶部長と弓削は何を話していたのだろう。ふとそんなことを思った。

梶警務部長の言葉が続いた。

「皆忙しい身だ。簡潔に用件を言おう。略取・誘拐及び殺人事件の指揮本部に係る特別監察を終了した。その結果を両名に知らせる」

弓削の顔に緊張と期待が見て取れた。……ということは、まだその結果について弓削も知らないのだ。

竜崎は梶部長を見つめていた。

梶部長が言った。

「指揮本部において、竜崎署長の越権行為があったかどうかが問題にされたわけだが、私は、署長の言動は適切だったと判断した」

小さく息を呑む音がした。竜崎は、弓削の顔を一瞥《いちべつ》した。

彼は衝撃を受けている様子だ。反論しそうな様子だ。梶部長はそれを遮るように言った。

「したがって、竜崎署長に対する処分の必要はない。これが結論だ。では、質問を受け付けよう」

即座に弓削が言った。

「私が指摘しました点について、ご説明いただきたいと思います。まず、竜崎署長が独断で前線本部へ出向いたという点。現場近くで、これも独断で記者会見を行った点。そして、警備指揮権を無視して機動隊と銃器対策レンジャーを撤退させた点。以上三点についてうかがいたく思います」

梶部長は言った。

「いいだろう。まず、最初の指摘だ。独断で前線本部に出向いたと君は言うが、竜崎署長は、ちゃんと指揮本部長である伊丹刑事部長にその旨を断っている。そうだね、竜崎署長」

「はい」

そうこたえたが、実はよく覚えていなかった。たしかにあのとき、伊丹は指揮本部にいた。だから、彼にその場を任せて、前線本部に行く気になったのだろう。

そこまで考えて、竜崎はようやくあのときのことを思い出してきた。前線本部には戸高と根岸がいた。戸高と話をしようと思っていたのだ。

弓削が言った。

「そうだったでしょうか。私もそのとき、指揮本部におりましたが、伊丹部長の許可を取ったかどうかは確認しておりませんが……」

梶部長が言った。

「それは私が直接伊丹刑事部長に確認を取った。伊丹君は、たしかに竜崎署長が前線本部に行くことを認めたと言っていた」

「では、勝手に記者会見を開いた件についてはどうでしょう」

「それについては、前回ここに来てもらったときに、竜崎署長から説明があったと思うが……」

「あのときの説明では、とうてい納得できません」

「前線本部から指揮本部に戻ろうとしたときに、記者に囲まれて、やむなくコメントを出した。そうだったね？」

梶部長に尋ねられ、竜崎はこたえた。

「はい。公用車に戻ろうとしたとき、記者に取り囲まれました」

弓削が言った。

「そういう時は、一言もしゃべらずに、記者たちを振り切るものじゃないのですか？」

「記者たちへの対応について、まずい順番から言うと、適当なうけこたえをする、切何もしゃべらない、責任の範囲で正確にコメントする、ということになります。あのとき、状況がわからず記者たちは本気で説明を求めていました。殺気立っていたのです。彼らを落ち着かせるためにも、何か言う必要があると思いました。警察庁長官官房にいた頃の経験から、そう判断しました」

「そうだったな……」

梶部長が言った。「竜崎署長は、長官官房で総務課長をやったことがあるんだったな……」

それを聞いて弓削がひるむのがわかった。

梶部長が続けて言った。

「ならばマスコミ対応の専門家だ。竜崎署長の判断に間違いはないだろう」

弓削が徐々に追い詰められたような表情になってきた。

「しかし、最後の一点だけは決してゆずれません。機動隊の件です。竜崎署長は、警備指揮権を無視されて、勝手に機動隊と銃器対策レンジャーに撤退命令を出したのです」

梶部長が言った。

「その点も、竜崎署長の説明が妥当だと判断した。つまり、犯人は銃を持っておらず、立てこもり先と見られていたマンションが無人だとわかった時点で、警備事案ではなくなったという判断だ」

「……とはいえ、機動隊を動かす権限はないはずです」

「それについては、機動隊の小隊長が面白いことを言っていた」

弓削が怪訝な顔をした。

「面白いこと……？」

竜崎も興味を引かれ、梶部長を見つめた。

「そう。第六機動隊の棚橋小隊長は、こう言った。竜崎署長のおかげで恥をかかずに済んだ、と……」

弓削が尋ねる。

「恥をかかずに済んだとは、どういうことですか」

「撤収が早かったので、マスコミの攻撃がなかったんだ。竜崎署長が先日指摘したとおり、あのままマンションの包囲を続けていたら、後で何を言われていたかわからん。棚橋小隊長は、迷いもなく全責任を取ると竜崎署長が言ったことに感激していたよ」

弓削は反論しなかった。ただ無言で梶部長を見つめている。

梶部長はさらに言った。

「そう言えば、SITの葛木係長も言っていた。竜崎署長は前線本部に来た後も、専門家のやることに口出しするつもりはないと言って、指揮を任せてくれた。副本部長が前線本部にやってきて何をする気だと、正直迷惑に思ったが、それは勘違いだった。竜崎署長は、本当に自分の指揮に従ってくれた、と……。彼は、機動隊の棚橋小隊長同様に、その言動に感動していた」

梶部長は、言葉を切って弓削の反応を見た。弓削は、ただ驚いたように立ち尽くしているだけだった。

梶部長がさらに言葉を続ける。

「君は越権行為と言ったが、現場での竜崎署長の言動は、そういうものとは程遠いと私は感じた。現場の声がそれを物語っている」

弓削はしばらく下を向いていたが、やがて顔を上げると竜崎を見て言った。

「いい結果が出て何よりでした。私もほっとしました」

面《つら》の皮が厚いやつだ。

そう思いながら、竜崎は言った。

「ありがとうございます」

梶部長が弓削に言った。

「それに引き替え、君の評判はあまり芳《かんば》しくないな」

「は……？」

「今話題に出た棚橋小隊長と葛木係長だが、君はその二人に何か話をしたようだね」

「いえ、私はただ……。その……、事前に事情をよく知っておこうと……」

「特別監察となれば、当然現場の担当者だった二人にも事情を聞くことになる。それを見越して根回しをしようとしたのではないか？　そのような姑息《こそく》な工作は感心しない。以後、慎むように、厳重に注意をしておく」

「はい」

弓削は打ちのめされたようにうつむいていた。

「話は以上だ」

弓削と竜崎は同時に礼をした。退出しようとすると、梶部長が言った。

「ああ、竜崎署長はちょっと残ってくれないか」

弓削が、竜崎をちらりと見てから部長室を出て行った。

竜崎は再び部長席の正面に立った。

「すでに噂《うわさ》のことは知っていると思うが……」

「人事異動の件ですか？」

「処分の必要がないという結論なので、懲罰人事などあり得ない。まず、それを断っておく」

「了解しました」

「今回、いろいろと君のことを調べることになった。これはいい機会だったかもしれない」

　梶部長が何を言いたいのかわからなかった。だから、竜崎は黙っていることにした。

「ＳＩＴの葛木係長や機動隊の棚橋小隊長は、本当に感銘を受けている様子だったんだ。さらに、大森署でも君は指導力を遺憾なく発揮しているようだな。そのような人材を、所轄《しょかつ》だけに留まらせておくわけにはいかないと思うんだ」

「懲罰人事ではないが、人事異動があるということですか？」

　梶部長は苦笑して手を振った。

「今すぐに、ということではない」

「公務員ですから、いつでも覚悟はできておりますが……」

　梶部長はうなずいた。

「警察庁長官官房の総務課長から警視庁の所轄へ、というのは明らかに懲罰人事だった。たいていの警察官僚なら、その時点で辞職している。だが、君は辞めるどころか、大森署を活性化させたらしい」

「もともと、大森署には優秀な人材がそろっていましたから……」

「左遷《させん》されてもなお、実力を発揮しようとする君の姿勢がよくわかった」

「どこにいても、国のために全力を尽くします。それが公務員のつとめですから」

「どうやらそれが、ただのたてまえではないらしいな」

「もちろん本音です」

「今、おそらく日本中の警察が君のような人材を求めている」

「繰り返しますが、私はどこに行っても全力を尽くします」

梶部長は笑みを洩《も》らした。今度は苦笑ではなかった。

「わかった。話は以上だ」

竜崎は、礼をして部長室を出た。


午前十一時半に大森署の署長室に戻った。すぐに貝沼副署長と斎藤警務課長がやってきた。貝沼が言った。

「監察の結果が出たのですね？」

「出た」

「それで……？」

竜崎は、椅子《いす》に腰を下ろして、貝沼を見ると言った。

「おとがめなしだ。公正な判断を下してくれたと思う」

貝沼はほっとした顔をした。斎藤も同様だった。

斎藤が言った。

「では、異動もないということですね」

「しばらくはないかもしれない」

貝沼と斎藤は、さらに安堵《あんど》した表情になった。貝沼が言う。

「それを聞いてほっとしました」

「私がここに着任した当初は、とてもそんなことを言ってもらえる雰囲気ではなかったがな……」

貝沼は、少々うろたえて言った。

「いえ、警察庁の長官官房からいらっしゃるとうかがっていたので、みんな緊張していたのです」

嘘《うそ》をつけ。

「まあいい。だが、前にも言ったことだが、私もいつまでもここにいられるわけじゃない。いずれ署長は入れ替わる」

　斎藤課長が言う。

「それは我々も同じです。いつ異動になるかわかりません。せめて上司に恵まれたいと思いますね。弓削方面本部長のような上司はちょっと……」

　そのとき、戸口で声がした。

「上司は選べないんだからしょうがない」

　見ると、第二方面本部の野間崎管理官だった。

　貝沼副署長と斎藤課長は気をつけをする。竜崎は座ったままだった。

　野間崎は署長席に近づいて言った。

「いろいろとたいへんでしたね」

　竜崎はこたえた。

「別にどうということはない」

「特別監察を言い出したのは、あくまで方面本部長個人であって、われわれ方面本部の者は、そんなつもりはありませんでした」

「言い訳をしにきたのか？」

「事実をご理解いただきたいと思いまして」

「わかっている。君も苦労するな」

「繰り返しますが、上司は選べませんので……」

どんな場合も人事というのは物議を醸《かも》すものだ。

竜崎は言った。

「弓削もあれで、いいところもあるはずだ。根回しなどが必要な場合には役に立つだろう」

「まあ、しばらくついていくしかありません」

「方面本部では君のほうが先輩なんだ。君が指導するくらいの気持ちでいればいい」

「はい」

竜崎は三人に言った。

「ちょっと、電話をかけたいので、一人にしてくれるか」

貝沼、斎藤、野間崎の三人は礼をして部屋を出て行った。竜崎は、携帯電話を取り出して伊丹にかけた。

「はい、伊丹」

「竜崎だ。梶部長に呼ばれた」

「それで、どうなった？」

「おとがめなし。当分、異動もなさそうだ」

「なんだ……」

「がっかりしたような口ぶりだな」

「そうじゃない。まあ、ちょっと肩すかしを食らった感じだがな」

「前線本部に行くことを、指揮本部長として許可したと、梶部長に言ってくれたそうだな」

「事実だからな。言われたとおり、小細工はしてないぞ」

「おかげで梶部長の心証がよくなったようだ」

「それはよかった」

「先日電話をもらったときは、どうやら俺は緊張していたらしい。本来なら礼を言うべきだったんだ。あらためて礼を言う」

一瞬の沈黙。

「なんだかおまえからそんなことを言われると、気味が悪いな」

「俺だって、礼を言うべきときは言う」

「まあ、普段俺は、おまえに礼を言われるようなことを、あまりやっていないということだろうな」

「そういうことだ」

「異動がないというのは確かなんだろうな」

「今回のことで、飛ばされるようなことはないという意味だ。俺たちはいつ異動になってもおかしくない」

「そうだな」

伊丹はしみじみとした調子で言った。「俺もいつまで刑事部長でいられるか……」

「そのポストが気に入っているのか？」

「悪くないな」

「ならきっと、次のポストでもそう思えるはずだ」

「おまえも署長が気に入っているんじゃないのか？」

「俺はどこに行っても同じだ」

「いや、間違いなく気に入っているはずだ」

あらためてそう言われて、しばらく考えた。そして、竜崎は言った。

「そうかもしれない」

「とにかく、処分がなくてよかった。じゃあな」

電話が切れた。

その日の午後五時頃、強盗未遂事件があり、犯人がスピード逮捕された。その報告に来たのが戸高だった。ストーカー対策チームは、あくまでも兼任なので、強行犯係の仕事も続けているのだ。

報告を聞き終わると竜崎は戸高に言った。

「根岸の面倒は、ちゃんと見ているんだろうな」

「あいつは、面倒なんて見なくたってだいじょうぶですよ」

「夜回りは続けているのか？」

「ボランティアが引き継ぎましたよ。……つうか、無理やり引き継がせました。俺の体も持たないんでね……」

ちゃんと世話をしているようだ。

「人事異動の件は、どうやらなさそうだ」

「え……？」

「そういう噂があっただろう」

「ああ……。なんだ、つまらないですね」

「おまえは、どっちに転んでもつまらないと言うんだな」

「面白いことが好きなんでね」

竜崎はうなずいて判押しを始めた。戸高が署長室を出て行った。


帰宅したのは午後八時過ぎだった。いつものように着替えてからダイニングテーブルに着く。

晩酌に缶ビールを一本だけ飲む。

台所にいる妻の冴子に声をかける。

「監察の結果が出た。処分はなしだ」

声だけが返ってくる。

「そうですか」

「異動もしばらくはなさそうだ。だから、引っ越しの心配をする必要はない」

「あら……」

冴子が台所から顔を覗《のぞ》かせた。「そうなのね。美紀に話したら、独立する気まんまんな様子だったけど……」

「家を出て行くということか？」

「邦彦も、大学のそばにアパートを探すと言っていたわ。本郷のあたりは、学生対象のワンルームマンションなんかもたくさんあるらしくて……」

「引っ越しはなくなったんだ。別に今までどおり家にいればいいだろう」

冴子がにっと笑った。

「淋しいんでしょう」

竜崎は驚いた。

「淋しい？　俺がか？」

「何だかんだ言っても、美紀がいなくなるのは淋しいのよね」

「そんなこと、考えたこともない」

「美紀は、ここから出ていったら、忠典さんと住みはじめるかもしれないわよ」

「結婚するということか？」

「結婚しなくたって、いっしょに住みはじめるカップルはいるわ」

「俺は、そういうけじめのないことは嫌いだ」

「家賃も半分で済むし、合理的じゃない？」

「そういうのを合理的とは言わない」

ちょうどそこに美紀が帰ってきた。

「ただいまあ。あら、お父さん、早いのね」

「おい、美紀。ここを出て忠典君といっしょに住みたいというのは本当か？」

美紀はぽかんとした顔になった。

「え、引っ越し、決まったの？」

「当分異動はない。だから引っ越しもない。それでも、出ていって忠典君と暮らすのか？」

「何それ……。引っ越しがないなら、私は出て行かないわよ。忠典さんといっしょに暮らすですって？　そんなこと、考えたこともない」

竜崎は冴子の顔を見た。

「かついだな」

冴子は笑っていた。

「ほら、やっぱりお父さんはいざというときうろたえるわね」

竜崎は不愉快になって言った。

「飯をくれ」

美紀が尋ねる。

「何の話？」

冴子が台所から言う。

「何でもない。着替えてらっしゃい」
竜崎はビールを飲み干した。
異動、美紀の結婚、邦彦の独立……。いずれはさまざまな変化がやってくる。
だが、当面は今のままでいられそうだ。それがいつまで続くかはわからない。
すべてを受け容れよう。
竜崎はそう思っていた。
何が起きても、どんな波乱がやってきても。
それが警察官僚の生活だ。
それが生きていくということだ。

解説

川上弘美

今野敏の本の解説を書いてみませんか、というこの本の担当編集者からのメールが、いつもわたしを担当してくれている新潮社の編集者から転送されて来た時、たいへんに迷いました。なぜならば、警察小説を生まれてはじめて読んだのは、たったの数年前だからです。五十数年にならんとする活字中毒の人生の中で、なぜだかある分野の本だけがぽっかりとその読書からは抜けていたのです。その分野とは、大きくくくると、ミステリー。むろん、警察小説というものも、一冊たりとも手に取ったことはありませんでした。

そもそも、ミステリーでは殺人事件が起こる。登場人物たちが疑心暗鬼になりあう。それが、怖かったのです。殺人事件のないミステリーもある、ということはうすうす知っていましたが、それが本屋さんのどこの棚に存在するのかが、まずわからない。そのうえ、自分が書いている小説は、ミステリーとは正反対といってもいい、確固とした仕掛けも解決もない、カタルシスに欠けるぐずぐずした内容のもの。そんな自分が、今野敏の小説の解説を書くなどという大それたことをしても、いいのだろうか。そう思ってひるんだのでした。

けれど、担当編集者は、こう言うのです。カワカミさん、三年前たしか、「この夏、わたしにとって警察小説界出撃への初陣《ういじん》となる画期的な小説にめぐりあいました。それは、今野敏の作品であります」と、高らかに宣言していたではありませんか、と。

たしかにわたしは、三年前から、突然今野敏に大はまりしています。そして、それは今も続いています。手に入る本は、ほぼすべて買い、新刊が出れば買い、それでも足りなくて、現在連載されている雑誌を手に入れて、毎月読んでいるのです。

その理由を、書けばいいんですよ。と、編集者は言います。でも、今野敏が面白い理由については、読者の方々のほうがわたしなぞよりもずっとよく承知しているでしょう。そう言い返しますと、それはそうですけれど、でも、今野敏初心者であるカワカミさんが、なぜそんなにも今野敏に魅入られたのかを書けばいいんですよ。と切り返されます。

「隠蔽《いんぺい》捜査シリーズ」の、この第六弾（文庫）まで読みすすめていらした今野敏ファンのみなさまに、こうして釈迦《しゃか》に説法のような解説を読んでいただくのは、たいそう心苦しいことではありますが、なるほど、そういうことならば、なぜわたしが今野敏をこれほどまでに夢中で読むのかを、堂々とここに書いてもいいのだと嬉《うれ》しくなり、ついうかうかとお引き受けしてしまった、というわけなのでした。

それでは、今野敏の何がそれほどまでに自分を引きつけるのか、といえば、それはもう、ごく簡単なことなのです。

面白いのです。

では、なぜ面白いのか。

それは、興趣が深いからです。

なぜ興趣が深いのか。

それは、面白いからです。

と、内田百閒《うちだひゃっけん》が芸術院会員を辞退した時の理由（「イヤダカライヤダ」）のような、人をくった言いかたをしたくなってしまうほど、今野敏は、面白い。そして、その「面白さ」がことに素晴らしいのは、そこに余分な脂肪のようなものが、いっさいついていないことなのです。淀《よど》みや、にごりや、澱《おり》や、くさみ、といったものが、ほんとうに細心に、取り除かれている。

これは、一見簡単にみえることかもしれませんが、たいへんに難しいことなのではないでしょうか。小説は人間が書いているものですから、作者も自覚していないような、その作家特有のにおい、のようなものがどこかにしみついている。ところが、今野敏の小説には、その「におい」が、ないように感じられる。けれどそれは、個性がない、ということとは正反対のことです。

たとえば、ホヤという海の生物がいます。ごく新鮮なものでないと、くさみが出てしまって、とても食べられたものではないと言われる海鮮です。昔、とてもおいしいホヤを食べたことがありました。さわやかな潮のにおいがして、まるで海そのものの真髄を口にしているようだと、感じ入りました。ところが、それから十数年後に、ホヤのたくさん獲《と》れる土地に行き、ふたたびホヤを食べたら、まったくその潮のにおいがしないのです。

ホヤを料理してくれたお店の板前さんに、訊《たず》ねてみました。なぜこのホヤには、潮の香りがないのですか、と。すると、板前さんはにこやかに、こう説明してくれるではないですか。

「ほんとうに新鮮なホヤは、何のにおいもしないものなんですよ」

驚きました。その昔、わたしが感激したホヤのにおいは、今思いだしても、まったく濁ったものの混じっていない、まさに新鮮な潮の香りでした。ところが、さらに新鮮なホヤには、その潮の香りさえない、というのです。

今野敏の小説のにおいのなさは、ほんとうに新鮮なホヤのにおいのなさに通じる、貴重で得がたいものなのではないでしょうか。

本書『去就』のよろしさについても、書いてみたいと思います。

『去就』がその第六弾となる「隠蔽捜査シリーズ」の主人公である竜崎伸也に、ともかく読者は魅了されてしまいます。わたしも竜崎には、むろんいつもときめきっぱなしなのですが、なぜこんなにもときめくのだろうかと、今回つくづく考えてみました。

それで、思ったことが一つ。

竜崎には、忖度《そんたく》というものが、ないのです。

忖度は、美徳の一種です。人の心をおしはかり、その心をくみとって行動する。

けれど実のところ、本当の意味での忖度は、非常に難しい。そもそも、自分が他人の心を想像しうる、という考え自体が、少々思い上がったものであるような気がします。他人さまが何をいやがり、何を望むかなどということなど、誰にわかるというのでしょう。それを、わかったつもりになって、くみとったつもりになって、何かをしたりしなかったり。

たくさんの錯綜《さくそう》が、忖度によって生じてしまう。それが、社会での生きづらさの原因の一つになっているのではないか、ということは、昨今の日本のあれこれをかんがみれば、明らかであることでしょう。

でも、人はつい、忖度してしまう。自分を守ろうとして。

ところが、竜崎は、いっさい忖度をしない。爽快《そうかい》なほどに、しない。いつかどこかで竜崎が忖度しないかと、わたしはひそかに待ちかまえているのですが、しません。してくれません。

忖度しない人間に対し、忖度が習慣になっている人間は、反発します。否定します。嫌います。ところが、竜崎が「忖度しない」という態度を貫くうちに、なべての忖度人間たちが、竜崎のこの流儀を認めるようになってゆくのです。

先ほども書きましたように、実は忖度というのは、ある意味では、慢心した行動です。だから、忖度をいっさいしない竜崎とは、思い上がったところがまったくない人間、ということにほかなりません。

けれど、竜崎は一見、尊大にみえてしまいます。家庭では家事はいっさいせず、息子には東大にあらずんば大学にあらずという意味のことを示唆《しさ》し、仕事の場では遠慮というものをせず、正論をずばずば言う。出世はした方がいいと言い放ち、そのくせ年功序列を尊重しないで地位が上の人間に対しても遠慮をもたない。

ところが、このすべてが、実は竜崎の「慢心からいちばん遠いところにある」という特質からあらわれいでた結果なのだということが、読んでいくうちにどんどんわかってきてしまうのです。

このカタルシスたるや、もう、たまりません。

ことに本書で注目すべきは、妻、娘、そして生活安全課の根岸紅美《くみ》、といった女たちに対する、竜崎の忖度のなさです。

小説の中で登場するさまざまな男たちと女たちの関係がどんなふうに描かれているか、ということに関して、わたしの中には、ピピ、と音をたてるチャイムがあります。男が、女のことを、男とひとしい人間として扱っていなかったり、反対に妙に理想じたての存在として描いていたり――それは結局、女は男とひとしい人間ではない、ということと同じなのです――することが感じられるやいなや、チャイムが鳴りはじめる、という寸法なのです。

ところが、竜崎の女への対しかたを読んでいても、チャイムは音をたてないのです。ときおり、ピ、と鳴りはじめるか、と身がまえたこともあるのですが、読み進めてゆ